Bober-röhrsdf.
Grunau
Nieder-Berbisdorf
Kiefer B. 420
Kammerswaldau
Feldhäuser
Weltende
Bober
Straupitz
Maiwaldau
Haus B. 373
322
Seiffersdorf
Gotschdf.
Ottilien B. 503
Harteau
Molken B. 462
Hirschberg
Heide B. 524
Kavalier B.
450
Schloss B.
Eichberg
Johannisthal
Kunnersdf.
Jannowitz
Voigtsdf.
Abruzzen
Schwarzbach
Schildau
Rohrlach
Kupferberg
Finken B. 455
Lomnitz
Bober-stein
Forst B. 623
Warmbrunn
Herischdf.
Scholzen B. 434
Hell B. 427
650 Falken B.
Bolzenschloss
Waltersdorf
350 Weihrichs B.
Stonsdf.
Prudel B. 484
Erdmannsdorf
Eglitz
441 Buch B.
Fischbach
Hermsdorf
Schloss
Mariannenfels
Märzdf.
Giersdorf
Heinrichsburg
Nd. Zillerthal
Ameisen B. 501
Mittel-Zillerthal
Södrich
Neudorf
Ochsen K. 878
N. Wüsteröhrsdf.
Saalberg
Seidorf
Glausnitz
Hohen-Zillerthl.
Buchwald
Bärndf.
Wüsteröhrsdorf
Rothengrund
Arnsdf.
Pfaffengrund
Quirl
Dreh haus
Birk B.
Hohenwiese
Friesensteine 940
Gansberg
541
Rothenzechau
Hainbg.
Kräber B. 784
Bronsdf.
Raschkenhsr.
Baberhäuser
Gutenbrunnen
Birkicht
Stein-seiffen
Die Buche
Schmiedeberg
Landeshuter Kamm
Hohenwaldau
Busch vorwerk
Mittelwasser
Brückenbg.
Quer-seiffen
628
Forsths. Tannenbaude
Obr. Haselbach
Ndr.
Eventhal
Wang
Krummhübel
Ochsen B. 1033
.853
Dittersbach
Pfaffendorf
Hasenb.
Schlingelb.
Kl. Sturmhaube
Schnurrbartsb.
Wolfshau
Mittagstn.
Gr. Teich 1225
Gr. Lomnitz
Tafel
B I R G E
Lahn B.
Pr. Heinrich B.
Hampelb.
Teichb.
Kl. Lomnitz
Melzergrund
Kl. Teich
Koppenplan
Schwarz
Schnee
1407
720
Bär B. 766
Wiesenb.
1424 Rennerb.
Riesenb.
1603
koppe
Brunn B.
1555
1560
Bergschm.
Hochwiesen B.
Steinboden
Rosen B.
1388
Löwen B.
Riesengrd.
Geiergucke
1323
1363
Brunnbergbdn.
1168
Michelsdorf
1426
Richterbdn.
Platten B.
Herren B. 756
Mohorn Mühle
Karlsbg.
Finken B.
Oppau
Petzer
Gross-Aupa
1103
Obr. Kolbendorf
Albendorf
Kunzendf.
Tschöpsdorf
Fuchs B. 1363
Fuchsbdn.
1019
Bober
Roten B. 972
Rehorn
Schwarzwasser
Goldhöhe
Walschbaude
Kreuzschenke
Ndr.
Kessel
Bohnwiesbdn.
Gr. Tippelbdn.
Aichelburg
Spitz B. 877
Dörrengrund
Quintenthal
Bober
Lampersdorf
Rudolfsthal
Töpferb.
Silber B.
Quetschenstein 1001
Rehorn
Bönisch B. 1009
1244
Forst B.
Dunkelthal
Schwarzenbg.
1299
Klausengrd.
Marschendorf
Hofelbusch 1033
Schatzlar
Niederhof
Neudorf
Wernsdf.
Brettgrund
Spiegelbdn.
Geb.
Ober-Langenau
Schwarzenbg.
Schwarzenthal
Aupa
Glasendf.
Trautenbach
Krinsdorf
Johannisbad
Freiheit

VITALIS

BIBLIOTHECA
BOHEMICA

Rübezahl

Johann Karl
August Musäus

Rübezahl

Legenden aus dem Riesengebirge

Mit einem Nachwort
von Otfried Preußler

VITALIS

Die Deutsche Bibliothek – CIP – Einheitsaufnahme
Ein Titeldatensatz für diese Produktion ist bei
der Deutschen Bibliothek erhältlich

Bibliotheca Bohemica: Band Nr. 18

Die spez. Eigenart d. Werkes, Orthographie
u. Interpunktion wurden weitgehend beibehalten.
Als Vorlage für den Umschlag diente
das Blatt „Sturmhaube“ von Richard Tröger.
Illustrationen: Ludwig Richter
Satz: Cadis, Praha
Druck und Bindung: Finidr, Český Těšín/Teschen

ISBN: 3-934774-15-6
ISBN: 80-7253-020-8

www.vitalis-verlag.com

Inhalt

Erste Legende

Auf den oft und matt besungenen[1] Sudeten[2], dem Parnaß[3] der Schlesier, hauset in friedlicher Eintracht neben Apollo und seinen neun Musen[4] der berufene[5] Berggeist, Rübezahl genannt, der das Riesengebirge traun[6] berühmter gemacht hat als die schlesischen Dichter allzumal. Dieser

Fürst der Gnomen besitzt zwar auf der Oberfläche der Erde nur ein kleines Gebiet, von wenig Meilen im Umfang, mit einer Kette von Bergen umschlossen, und teilt dies Eigentum noch mit zwei mächtigen Monarchen, die sein Kondominium[7] nicht einmal anerkennen. Aber wenige Lachter[8] unter der urbaren Erdrinde hebt seine Alleinherrschaft an, die kein Partagetraktat[9] zu schmälern vermag, und erstreckt sich auf achthundertsechzig Meilen in die Tiefe, bis zum Mittelpunkt der Erde. Zuweilen gefällt es dem unterirdischen Starosten[10], seine weitgedehnten Provinzen in dem Abgrunde zu durchkreuzen, die unerschöpflichen Schatzkammern edler Fälle und Flöze[11] zu beschauen, die Knappschaft der Gnomen zu mustern und in Arbeit zu setzen, teils um die Gewalt der Feuerströme im Eingeweide der Erde durch feste Dämme aufzuhalten, teils mineralische Dämpfe zu fahen[12], mit reichhaltigen Schwaden taubes Gestein zu beschwängern und es in edles Erz zu verwandeln. Zuweilen entschlägt er sich aller unterirdischen Regierungssorgen, erhebt sich zur Erholung auf die Grenzfeste seines Gebietes und hat sein Wesen auf dem Riesengebirge, treibt da Spiel und Spott mit den Menschenkindern wie ein froher Übermütler, der, um einmal zu lachen, seinen Nachbar zu Tode kitzelt.

Denn Freund Rübezahl, sollt ihr wissen, ist geartet wie ein Kraftgenie[13]: launisch, ungestüm, sonderbar; bengelhaft, roh, unbescheiden; stolz, eitel, wankelmütig, heute der wärmste Freund, morgen fremd und kalt; zu Zeiten gutmütig, edel und empfindsam; aber mit sich selbst in stetem Widerspruch; albern und weise, oft weich und hart in zween Augenblicken, wie ein Ei, das in siedend Wasser fällt; schalkhaft und bieder, störrisch und beugsam; nach der Stimmung, wie ihn Humor und innrer Drang beim ersten Anblick jedes Ding ergreifen läßt.

Von Olims Zeiten[14] her, ehe noch Japhets Nachkömmlinge[15] so weit nordwärts gedrungen waren, daß sie diese Gegenden wirtbar machten, toste Rübezahl schon in dem wilden Gebirge, hetzte Bären und Auerochsen aneinander, daß sie zusammen kämpften, oder scheuchte mit grausendem Getöse das scheue Wild vor sich her und stürzt' es von den steilen Felsenklippen hinab ins tiefe Tal. Dieser Jagden müde, zog er wieder seine Erichsstraße[16] durch die Regionen der Unterwelt und weilte da Jahrhunderte, bis ihn von neuem die Lust anwandelte, sich an die Sonne zu legen und des Anblicks der äußern Schöpfung zu genießen. Wie nahms ihn wunder, als er einst bei seiner Rückkehr, von dem beschneiten Gipfel des Riesengebirges umherschauend, die Gegend ganz verändert fand! Die düstern, undurchdringlichen Wälder waren ausgehauen und in fruchtbares Ackerfeld verwandelt, wo reiche Ernten reiften. Zwischen den Pflanzungen blühender Obstbäume ragten die Strohdächer geselliger Dörfer hervor, aus deren Schlot friedlicher Hausrauch in die Luft wirbelte; hier und da stund eine einsame Warte auf dem Abhang eines Berges zu Schutz und Schirm des Landes; in den blumenreichen Auen weideten Schafe und Hornvieh, und aus den lichten Hainen tönten melodische Schalmeien.

Die Neuheit der Sache und die Annehmlichkeit des ersten Anblicks ergötzten den verwunderten Territorialherrn so sehr, daß er über die eigenmächtigen Pflanzer, die ohne seine Vergünstigung hier wirtschafteten, nicht unwillig ward noch in ihrem Tun und Wesen sie zu stören begehrte, sondern sie so ruhig im Besitz ihres angemaßten Eigentums ließ, wie ein gutmütiger Hausvater der geselligen Schwalbe oder selbst dem überlästigen Spatz unter seinem Obdach Aufenthalt gestattet. Sogar ward er Sinnes, mit den Menschen, dieser Zwittergattung von Geist und Tier, Bekanntschaft zu machen, ihre Art und Natur zu erforschen und mit ihnen Umgang zu pflegen. Er nahm die Gestalt eines rüstigen Ackerknechtes an und verdung sich bei dem ersten besten Landwirt

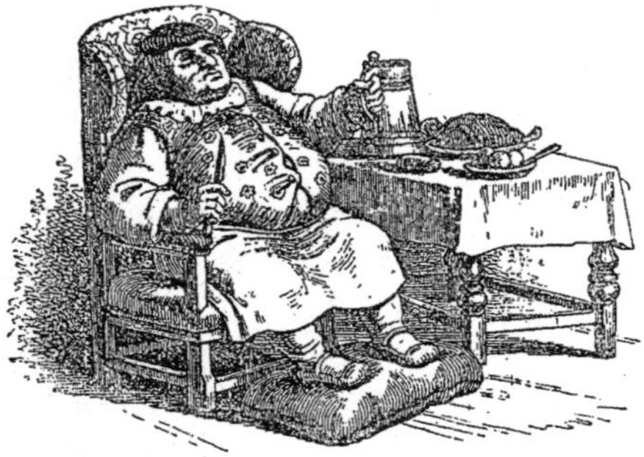

in Arbeit. Alles, was er unternahm, gedieh wohl unter seiner Hand, und Rips der Ackerknecht war für den besten Arbeiter im Dorf bekannt. Aber sein Brotherr war ein Prasser und Schlemmer, der den Erwerb des treuen Knechtes verschwendete und ihm seine Müh' und Arbeit wenig Dank wußte; darum schied er von ihm und kam zu dessen Nachbar, der ihm seine Schafherde untergab; er wartete dieser fleißig, trieb sie in Einöden und auf steile Berge, wo gesunde Kräuter wuchsen. Die Herde gedieh gleichfalls unter seiner Hand und mehrte sich, kein Schaf stürzte vom Felsen herab und brach sich das Genicke, und keins zerriß der Wolf. Aber sein Brotherr war ein karger Filz, der seinen treuen Knecht nicht lohnte wie er sollte: denn er stahl den besten Widder aus der Herde und kürzte dafür den Hirtenlohn. Darum entlief er dem Geizhals und diente dem Richter als Herrenknecht, ward die Geißel der Diebe und frönte der Justiz mit strengem Eifer. Aber der Richter war ein ungerechter Mann, beugte das Recht, richtete nach Gunst und spottete der Gesetze. Weil Rips nun nicht das Werkzeug der Ungerechtigkeit sein wollte, sagt' er dem Richter den Dienst auf und ward in den Kerker geworfen, aus welchem er doch, auf dem gewöhnlichen Wege der Geister, durchs Schlüsselloch leicht einen Ausgang fand.

Dieser erste Versuch, das Studium

der Menschenkunde zu treiben, konnt' ihn unmöglich zur Menschenliebe erwärmen; er kehrte mit Verdruß auf seine Felsenzinne zurück, überschaute von da die lachenden Gefilde, welche die menschliche Industrie verschönert hatte, und wunderte sich, daß die Mutter Natur ihre Spenden an solche Bastardbrut verlieh. Demungeachtet wagte er noch eine Ausflucht ins Land fürs Studium der Menschheit, schlich unsichtbar herab ins Tal und lauscht' in Busch und Hecken. Da stund vor ihm die Gestalt eines reizvollen Mädchens, lieblich anzuschaun wie die Mediceische Venus[17] und auch ohne alle Draperie; denn sie stieg eben ins Bad. Rings um sie hatten sich ihre Gespielinnen ins Gras gelagert an einem Wasserfall, der seine Silberflut in ein kunstloses Becken goß, scherzten und koseten mit ihrer Gebieterin in unschuldsvoller Fröhlichkeit. Dieser lüsterne Anblick wirkte so wundersam auf den lauschenden Berggeist, daß er schier seiner geistigen Natur und Eigenschaft vergaß, sich das Los der Sterblichkeit wünschte und mit eben der Begierde, wie ehedem seine Konsorten in der ersten Welt, nach den Töchtern der Menschen sah. Aber die Organe der Geister sind so fein, daß sie keinen festen und bleibenden Eindruck annehmen; der Gnom fand, daß es ihm an Körper gebrach, das Bild der badenden Schönen durch die verfinsterte Kammer des Auges aufzufassen und in seiner Imagination zu fixieren. Deshalb verwandelte er sich in einen schwarzen Golkraben[18] und schwang sich auf einen hohen Eschenbaum, der das Bad überschattete, des anmutsvollen

Schauspiels zu genießen. Doch dieser Fund war nicht zum besten ausgedacht; er sah alles mit Rabenaugen und empfand als Rabe; ein Nest Waldmäuse hatte jetzt für ihn mehr Anziehendes als die badende Nymphe, denn die Seele wirkt in ihrem Denken und Wollen nie anders als in Gemäßheit des Körpers, der sie umgibt.

Diese psychologische Bemerkung[19] war nicht sobald gemacht, als der Fehler auch verbessert war; der Rabe flog ins Gebüsche und gestaltete sich in einen blühenden Jüngling um. Das war der rechte Weg, ein Mädchenideal in seiner ganzen Vollkommenheit zu umfassen. Es erwachten Gefühle in seiner Brust, davon er seit seiner Existenz noch nichts geahndet hatte; alle Ideen bekamen einen neuen Schwung, er empfand eine gewisse Unruhe, sein Verlangen rang und strebte nach einem Etwas außer sich, dafür er keinen Namen hatte. Ein unwiderstehlicher Trieb zog ihn mechanisch wie ein Flaschenzug nach dem Wasserfalle hin, und doch fand er in sich eine eben so mächtige Gegenwirkung, eine gewisse Scheu, der Mediceerin[20] im Bade sich in der Verkörperung zu nahen oder durchs Gesträuche hervorzubrechen, durch welches sein Auge gleichwohl eine verstohlne Aussicht auszuspähen strebte.

Die schöne Nymphe war die Tochter des schlesischen Pharao[21], der in der Gegend des Riesengebirges damals herrschte. Sie pflegte oft mit den Jungfrauen ihres Hofes in den Hainen und Büschen des Gebirges zu lustwandeln, Blumen und wohlgeruchduftende Kräuter zu sammeln oder für die Tafel ihres Vaters in jenem frugalen Zeitalter ein Körbchen Waldkirschen oder Erdbeeren zu pflücken und, wenn der Tag heiß war, sich bei der Felsenquelle am Wasserfalle zu erfrischen und darin zu baden. Von jeher scheinen die Bäder der Tummelplatz verliebter Abenteuer gewesen zu sein, und in diesem Rufe stehen sie noch bis auf den heutigen Tag. Das Bad im Riesengebirge veranlaßte wenigstens die ungleichartige Liebesintrige zwischen einem Gnomen und einem sterblichen Mädchen. Von diesem Augenblick an bannte die Liebe durch ihren süßen Zauber den inokulierten Berggeist[22] an diesen Platz, den er nicht mehr verließ und täglich der Wiederkehr der reizenden Badegesellschaft mit Ungeduld entgegenharrte.

Die Nymphe zögerte lange; doch in der Mittagsstunde eines schwülen Sommertags besuchte sie wieder mit ihrem Gefolge die kühlen Schatten am Wasserfalle. Ihre Verwunderung ging über alles, da sie den Ort ganz verändert fand: die rohen Felsen waren mit Marmor und Alabaster bekleidet, das Wasser stürzte nicht mehr in einem wilden Strom von der steilen Bergwand, sondern rauschte, durch viele Abstufungen gebrochen, mit sanftem Gemurmel in ein weites Marmorbecken herunter, aus dessen Mitte ein rascher Wasserstrahl emporstrebte und, in einen dichten Platzregen verwandelt, den ein laues Lüftchen bald auf diese, bald auf jene Seite warf, in den Wasserhälter zurückplätscherte. Maßliebe, Zeitlosen und das romantische Blümlein Vergißmeinnicht blühten an dessen Rande; Rosenhecken, mit wildem Jasmin und Silberblüten vermengt, zogen sich in einiger Entfernung umher und bildeten das angenehmste Luststück. Rechts und links der Kaskade[23] öffnete sich der doppelte Eingang einer prächtigen Grotte, deren Wände und Bogengewölbe mit mosaischer Bekleidung prangten, von farbigen Erzstufen, Bergkristall und Frauenglas[24], alles funkelnd und flimmernd, daß der Abglanz davon das Auge blendete. In verschiedenen Nischen waren die niedlichsten Erfrischungen aufgetischt, deren Anblick zum Genuß einladete.

Die Prinzessin stund lange in stummer Verwunderung da, wußte nicht, ob sie ihren Augen trauen, diesen bezauberten Ort betreten oder fliehen sollte. Aber sie war Mutter Evens Tochter und konnte der Begierde nicht widerstehen, alles zu beschauen und von den

herrlichen Früchten zu kosten, die für sie aufgetragen zu sein schienen. Nachdem sie nebst ihrem Gefolge in diesem kleinen Tempel sich sattsam erlustigt und alles fleißig durchgemustert hatte, lüstete ihr, in dem Bassin zu baden. Sie befahl den Dirnen, Wacht zu halten und umherzuschauen, damit kein frivoler Blick irgendeines Lauschers im Gebüsche ihre jungfräuliche Verschämtheit entweihen möchte.

Kaum war die liebliche Nymphe über den glatten Rand des Marmorbeckens hinabgeschlüpft, so sank sie in eine endlose Tiefe, obgleich der betrügliche Silberkies, der aus dem seichten Grunde hervorschien, keine Gefahr vermuten ließ. Schneller als die herzueilenden Jungfrauen das goldgelbe Haar der blonden Gebieterin erfassen konnten, hatte sie schon die gefräßige Flut verschlungen. Laut ließ die bange Schar der erschrockenen Mädchen

Klage, Ach und Weh erschallen, als ihr Fräulein vor ihren sichtlichen Augen dahinschwand; sie rangen und wanden die schneeweißen Hände, flehten die Najaden[25] vergebens um Erbarmung an und liefen ängstlich am marmornen Gestade hin und wieder, indes das Springwasser recht geflissentlich sie mit einem Platzregen nach dem andern übergoß. Doch wagt' es keine, der Entschwommenen nachzuspringen, außer Brinhild, ihrer liebsten Gespielin, die nicht säumte, in den bodenlosen Mälstrom[26] sich zu stürzen, gleiches Schicksal mit ihrem geliebten Fräulein erwartend. Aber sie schwamm als ein leichter Kork auf dem Wasser, und alles Bestrebens ungeachtet war sie nicht vermögend, unterzutauchen.

Hier war kein andrer Rat, als dem Könige die traurige Begebenheit mit seiner Tochter zu hinterbringen. Wehklagend begegneten ihm die zagenden Dirnen, da er eben mit seinen Jägern zu Walde zog. Der König zerriß sein Kleid vor Betrübnis und Entsetzen, nahm die goldene Krone vom Haupte, verhüllte sein Angesicht mit dem Purpurmantel, weinte und stöhnte laut über den Verlust der schönen Emma.

Nachdem er der Vaterliebe den ersten Tränenzoll entrichtet hatte, stärkt' er seinen Mut und eilte, das Abenteuer am Wasserfalle selbst zu beschauen. Aber der angenehme Zauber war verschwunden, die rohe Natur stund wieder da in ihrer vorigen Wildheit, da war keine Grotte, kein Marmorbad, kein Rosengehege, keine Jasminlaube. Dem guten König ahndete zum Glück nichts von einer Entführung seiner Tochter durch irgendeinen irrenden Ritter, denn Entführungen waren damals noch nicht Sitte im Lande; also erpreßt' er von den Dirnen weder durch Drohungen noch Folter ein Geständnis von dem plötzlichen Verschwinden der Prinzessin, das glaubwürdiger gewesen wär' als die Wahrheit. Vielmehr nahm er ihren Bericht auf Treu und Glauben an und meinte, Thor oder Wotan[27] oder sonst einer der

Götter sei bei dieser wunderbaren Begebenheit mit im Spiele gewesen, setzte darauf die Jagdpartie fort und tröstete sich bald über seinen Verlust; denn die Erdenkönige fühlen eigentlich keinen Kummer als den Verlust ihrer Krone.

Unterdessen befand sich die liebreizende Emma in den Armen ihres geistigen Liebhabers nicht übel. Meister Schwimmart hatte sie durch das Gaukelspiel einer theatermäßigen Versenkung nur den Augen ihres Gefolges entzogen und führte sie durch einen unterirdischen Weg in einen prächtigen Palast, mit welchem die väterliche Residenz in keine Vergleichung kam. Als sich die Lebensgeister der Prinzessin wieder erholt hatten, befand sie sich auf einem gemächlichen Sofa, angetan mit einem Gewand von rosenfarbenem Satin und einem jungfräulichen Gürtel von himmelblauer Seide, der aus der Garderobe der Liebesgöttin entwendet zu sein schien. Ein junger Mann von anlockender Physiognomie[28] lag zu ihren Füßen und tat ihr mit dem wärmsten Gefühl das Geständnis der Liebe, welches sie mit schamhaftem Erröten annahm. Der entzückte Gnom unterrichtete sie hierauf von seinem Stand und seiner Herkunft, von den unterirdischen Staaten, die er beherrschte, führte sie durch die Zimmer und Säle des Schlosses und zeigte ihr alle Pracht und Reichtum desselben. Ein herrlicher Lustgarten umgab das Schloß von drei Seiten, der mit seinen Blumenstücken und Rasenplätzen, auf deren grüner Fläche ein kühler Schatten schwamm, dem Fräulein vornehmlich zu behagen schien. Alle Obstbäume trugen purpurrote, mit Gold gesprengte oder zur Hälfte übergüldete Äpfel, dergleichen weder Hirschfelds Gartenkunst[29] noch sonst ein Gartengenie heutzutage der Natur abzulocken vermag. Das Gebüsch war mit Singvögeln angefüllt, die ihre hundertstimmigen Symphonien hervortönten. In den traulichen Bogengängen lustwandelte das empfindsame Paar, sah zuzeiten in den Mond, oder der Gnom hielt einer am Busen seiner Geliebten welkenden Blume eine Leichenrede. Sein Blick hing an ihren Lippen, und sein Ohr trank gierig die sanften Töne aus ihrem melodischen Munde; jedes Wort ging ihm glatt ein wie Honigseim; in einem äonenlangen[30] Leben hatte er dergleichen selige Stunden noch nie genossen, als ihm jetzt die erste Liebe gab.

Nicht gleiches Wonnegefühl empfand die reizende Emma in ihrem Busen. Ein gewisser Trübsinn hing über ihrer Stirn, sanfte Schwermut und zärtliches Hinschmachten, welches der weiblichen Gestalt so viel Zauberreiz mitteilt, veroffenbarten allgenugsam, daß geheime Wünsche in ihrem Herzen verborgen lagen, die nicht völlig mit den seinigen sympathisierten. Er machte gar bald diese Entdeckung und bestrebte sich, durch tausend Liebkosungen diese Wolken zu zerstreuen und die Schöne aufzuheitern, wiewohl vergebens. Der Mensch, dacht' er bei sich selbst, ist ein geselliges Tier wie die Biene und die Ameise; der schönen Sterblichen gebrichts an Unterhaltung. Mann und Weib mag wohl in die Länge eine tote Gesellschaft sein. Wem soll sich Madame mitteilen? Für wen ihren Putz ordnen? Mit wem darüber zu Rate gehen, und was soll ihre Eitelkeit nähren? Konnts doch das erste Weib in Edens Gefilden nicht lange mit ihrem ernsthaften Konsorten aushalten und wählte darum die Schlange zur Konfidenten[31]. Flugs ging er hinaus ins Feld, zog auf einem Acker ein Dutzend Rüben aus, legte sie in einen zierlich geflochtenen Deckelkorb und brachte diesen der schönen Emma, die melancholisch einsam in der beschatteten Laube eine Rose entblätterte. „Schönste der Erdentöchter," redete sie der Gnom an, „verbanne allen Trübsinn aus deiner Seele und öffne dein Herz der geselligen Freude; du sollst nicht mehr die Einsamtrauernde in meiner Wohnung sein. In diesem Korbe ist alles, was du bedarfst, diesen Aufenthalt dir angenehm zu machen.

Nimm den kleinen, buntgeschälten Stab und gib durch die Berührung mit demselben den Erdgewächsen im Korbe die Gestalten, welche dir gefallen."

Hierauf verließ er die Prinzessin, und sie weilte keinen Augenblick, mit dem Zauberstabe laut Instruktion zu verfahren, nachdem sie den Deckelkorb eröffnet hatte. „Brinhild," rief sie, „liebe Brinhild, erscheine!" Und Brinhild lag zu ihren Füßen, umfaßte die Knie ihrer Gebieterin und benetzte ihren Schoß mit Freudenzähren[32], liebkost' ihr freundlich, wie sie sonst zu tun pflegte. Die Täuschung war so vollkommen, daß Fräulein Emma selbst nicht wußte, wie sie mit ihrer Schöpfung dran war; ob sie die wahre Brinhild hergezaubert hatte, oder ob ein Blendwerk das Auge betrog. Sie überließ sich indessen ganz den Empfindungen der Freude, ihre liebste Gespielin um sich zu haben, lustwandelte mit ihr Hand in Hand im Garten umher, ließ sie dessen herrliche Anlagen bewundern und pflückte mit ihr goldgesprengte Äpfel von den Bäumen. Hierauf führte sie ihre Freundin durch alle Zimmer im Palast bis in die Kleiderkammer, wo der weibliche Kontemplationsgeist so viel Nahrung fand, daß sie bis zu Sonnenuntergang darin verweilten. Alle Schleier, Gürtel, Ohrenspangen usw. wurden gemustert und anprobiert. Die untergeschobene Brinhild wußte sich dabei so gut zu nehmen, zeigte soviel Geschmack in der Wahl und Anordnung des weiblichen Putzes, daß, wenn sie ihrer Natur und Wesen nach nichts als eine Rübe war, ihr wenigstens niemand den Ruhm absprechen konnte, die Krone ihres Geschlechts zu sein.

Der spähende Gnom war entzückt über den Tiefblick, den er in das weibliche Herz getan zu haben vermeinte und freute sich über den guten Fortgang in der Menschenkunde. Die schöne Emma dünkte ihm jetzt schöner, freundlicher und heiterer zu sein als jemals. Sie unterließ nicht, ihren ganzen Rübenvorrat mit dem Zauberstabe zu beleben, gab ihnen die Gestalt der Jungfrauen, die ihr vordem aufzuwarten pflegten, und weil noch zwo Rüben übrig waren, bildete sie die eine zu einer Zyperkatze[33] um, so schön und zutätig, als weiland Fräulein Rosaurens Murner[34] war, und aus der andern schuf sie einen niedlichen, hüpfenden Beni[35]. Sie richtete nun ihren Hofstaat wieder an, teilte einer jeden der aufwartenden Dirnen ein gewisses Geschäfte zu, und nie wurde eine Herrschaft besser bedient. Das Gesinde kam ihren Wünschen zuvor, gehorchte auf den Wink und vollstreckte ihre Befehle ohne den mindesten Widerspruch. Einige Wochen lang genoß sie die Wonne des gesellschaftlichen Vergnügens ungestört; Reihentänze, Sang und Saitenspiel wechselten in dem Harem des Gnomen vom Morgen bis zum Abend; nur merkte das Fräulein nach Verlauf einiger Zeit, daß die frische Gesichtsfarbe ihrer Gesellschafterinnen etwas abbleichte, der Spiegel im Marmorsaal ließ sie zuerst bemerken, daß sie allein wie eine Rose aus der Knospe frisch hervorblühte, da die geliebte Brinhild und die übrigen Jungfrauen welkenden Blumen glichen; gleichwohl versicherten sie alle, daß sie sich wohlbefänden, und der freigebige Gnom ließ sie an seiner Tafel auch keinen Mangel leiden. Dennoch zehrten sie sichtbarlich ab, Leben und Tätigkeit schwand von Tage zu Tage mehr dahin, und alles Jugendfeuer erlosch.

Als die Prinzessin an einem heitern Morgen, durch gesunden Schlaf gestärkt, fröhlich ins Gesellschaftszimmer trat, wie schauderte sie zurück, da ihr ein Haufen eingeschrumpfter Matronen an Stäben und Krücken entgegenzitterte, mit Dumpf[36] und Keuchhusten beladen, unvermögend, sich aufrecht zu erhalten. Der schäkernde Beni hatte alle viere von sich gestreckt, und der schmeichelnde Zyper konnte sich vor Kraftlosigkeit kaum noch regen und bewegen. Bestürzt eilte die Prinzessin aus dem Zimmer, der schaudervollen Gesellschaft zu

entfliehen, trat heraus auf den Söller[37] des Portals und rief laut den Gnomen, welcher alsbald in demütiger Stellung auf ihr Geheiß erschien. „Boshafter Geist," redete sie ihn zornmütig an, „warum mißgönnst du mir die einzige Freude meines harmvollen Lebens, die Schattengesellschaft meiner ehemaligen Gespielinnen? Ist diese Einöde nicht genug, mich zu quälen, willst du sie noch in ein Spital[38] verwandeln? Augenblicklich gib meinen Dirnen Jugend und Wohlgestalt wieder, oder Haß und Verachtung soll deinen Frevel rächen." – „Schönste der Erdentöchter," gegenredete der Gnom, „zürne nicht über die Gebühr! Alles, was in meiner Gewalt ist, steht in deiner Hand; aber das Unmögliche fordere nicht von mir. Die Kräfte der Natur gehorchen mir, doch vermag ich nichts gegen ihre unwandelbaren Gesetze. Solange vegetierende Kraft in den Rüben war, konnte der magische Stab ihr Pflanzenleben nach deinem Gefallen verwandeln; aber ihre Säfte sind nun vertrocknet, und ihr

Wesen neigt sich nach der Zerstörung hin; denn der belebende Elementargeist ist verraucht. Jedoch das soll dich nicht kümmern, Geliebte, ein frischgefüllter Deckelkorb kann den Schaden leicht ersetzen; du wirst daraus alle die Gestalten wieder hervorrufen, die du begehrest. Gib jetzt der Mutter Natur ihre Geschenke zurück, die dich so angenehm unterhalten haben; auf dem großen Rasenplatze im Garten wirst du bessere Gesellschaft finden." Der Gnom entfernte sich darauf, und Fräulein Emma nahm ihren buntgeschälten Stab zur Hand, berührte damit die gerunzelten Weiber, las die eingeschrumpften Rüben zusammen und tat damit, was Kinder, die eines Spielzeugs, oder auch Fürsten, die ihrer Favoriten müde sind, zu tun pflegen; sie warf den Plunder ins Kehricht und dachte nicht mehr daran.

Leichtfüßig hüpfte sie nun über die grünen Matten dahin, den frisch gefüllten Deckelkorb in Empfang zu nehmen, den sie gleichwohl nirgends fand. Sie ging den Garten auf und nieder, spekulierte fleißig umher, aber es wollte kein Korb zum Vorschein kommen. Am Traubengeländer kam ihr der Gnom entgegen mit sichtbarer Verlegenheit, daß sie seine Bestürzung schon von ferne wahrnahm. „Du hast mich getäuscht," sprach sie, „wo ist der Deckelkorb geblieben? Ich such' ihn schon seit einer Stunde vergebens." – „Holde Gebieterin meines Herzens," antwortete der Geist, „wirst du mir meinen Unbedacht verzeihen? Ich versprach mehr, als ich geben konnte, ich habe das Land durchzogen, Rüben aufzusuchen; aber sie sind längst geerntet und welken in dumpfigen Kellern. Die Fluren trauern, unten im Tale ists Winter, nur deine Gegenwart hat den Frühling an diesen Felsen gefesselt, und unter deinem Fußtritt sprossen Blumen hervor. Harre nur drei Mondenwechsel in Geduld aus, dann soll dirs nie an Gelegenheit gebrechen, mit deinen Puppen zu spielen." Ehe noch der beredtsame Gnom mit seiner Rede zu Ende war, drehte

ihm die Schöne unwillig den Rücken zu und begab sich in ihr Klosett[39], ohne ihn einer Antwort zu würdigen. Er aber hob sich von dannen in die nächste Marktstadt innerhalb seines Gebietes, kaufte, als ein Pachter gestaltet, einen Esel, den er mit schweren Säcken Sämerei belud, womit er einen ganzen Morgen Landes besäete. Dabei bestellt' er einen seiner dienstbaren Geister zum Hüter, dem er aufgab, ein unterirdisches Feuer anzuschüren, um die Saat von unten herauf mit linder Wärme zu treiben, wie Ananaspflanzen in einem Lohkasten[40].

Die Rübensaat schoß lustig auf und versprach in kurzer Zeit eine reiche Ernte, Fräulein Emma ging täglich hinaus auf ihr Ackerfeld, welches zu besehen sie mehr lüstete als die goldnen Äpfel, die aus dem Garten der Hesperiden[41] in den ihrigen verpflanzt zu sein schienen. Aber Spleen[42] und Mißmut trübte ihre kornblumfarbenen Augen. Sie weilte am liebsten in einem düsteren, melancholischen Tannenwäldchen am Rande eines Quellbaches, der sein silberhelles Gewässer ins Tal rauschen ließ, und warf Blumen hinein, die in den Odergrund hinabflossen, und daß diese melancholische Zeitkürzung auf geheimen Liebesgram deute, wissen alle, die sich auf die Symbolik der Liebe verstehen.

Der Gnom sah wohl, daß bei dem sorgfältigsten Bestreben, durch tausend kleine Gefälligkeiten sich in der schönen Emma Herz zu stehlen, ihr keine Liebe abzugewinnen war. Demungeachtet ermüdete seine hartnäckige Geduld nicht, durch die pünktlichste Erfüllung ihrer Wünsche sie auszuharren und ihren spröden Sinn zu überwinden. Seine gänzliche Unerfahrenheit in der Liebe bildete ihm ein, die Schwierigkeiten, die sich seinem Verlangen entgegenstellten, möchten wohl in den Roman irdischer Liebe gehören; denn er bemerkte sehr fein und richtig, daß dieser Widerstand auch einen gewissen Reiz habe und sehr geschickt sei, den zu hoffenden Triumph dereinst desto mehr zu verherrlichen. Aber der Neuling in der Menschenkunde hatte keine Gedanken von der wahren Ursache dieser Widerspenstigkeit seiner Herzensgebieterin; er nahm als etwas Ausgemachtes an, daß ihr Herz so frei und unbefangen sei als das seine, und war der Meinung, dieses noch unberührte Grundstück gehöre nach allen Rechten ihm als dem ersten Besitznehmer zu.

Doch war das ein großer Irrtum. Ein junger Grenznachbar an den Gestaden der Oder, Fürst Ratibor, hatte den süßen Minnetrieb in dem Herzen der holden Emma bereits angefacht und zur Ausbeute ihre erste Liebe davongetragen, welche, wie behauptet wird, unzerstörbarer sein soll als das Grundwesen der vier Elemente. Schon sah das glückliche Paar dem Tage der Vollziehung ihrer Gelübde entgegen, da die Braut mit einemmal verschwand. Diese peinliche Nachricht verwandelte den liebenden Ratibor in einen rasenden Roland[43]. Er verließ seine Residenz, zog menschenscheu in einsamen Wäldern umher, klagte den Felsen sein Unglück und trieb alle den Unfug eines modernen Romanhelden, den der boshafte Amor schikaniert. Die treue Emma seufzte unterdessen ihren geheimen Gram in dem anmutigen Gefängnis aus, verschloß aber ihre Herzgefühle so fest in ihren Busen, daß der spähende Gnom nicht enträtseln konnte, was für Empfindungen sich darinnen regten. Lange schon hatte sie darauf spekuliert, wie sie ihn überlisten und der lästigen Gefangenschaft entrinnen möchte. Nach mancher durchwachten Nacht spann sie endlich einen Plan aus, der des Versuchs würdig schien, ihn auszuführen.

Der Lenz kehrte in die gebirgischen Täler zurück, der Gnom ließ das unterirdische Feuer in seinem Treibhaus abgehen, und die Rüben, die durch die Einflüsse des Winters in ihrem Wachstum nicht waren gehindert worden, gediehen zur Reife. Die schlaue Emma zog täglich einige davon aus und machte damit Versuche, ihnen allerlei beliebige Gestalten zu geben, dem Anschein nach, sich damit zu belustigen; aber ihre Absicht ging weiter. Sie ließ eines Tages eine kleine Rübe zur Biene werden, um sie abzuschicken, Kundschaft von ihrem Geliebten einzuziehen: „Fleuch, liebes Bienchen, gegen Aufgang," sprach sie, „zu Ratibor, dem Fürsten des Landes, und sumse ihm sanft ins Ohr, daß Emma noch für ihn lebt, aber eine Sklavin ist des Fürsten der Gnomen, der das Gebirge bewohnet. Verlier kein Wort von diesem Gruße und bring mir Botschaft von seiner Liebe." Die Biene flog alsbald von dem Finger ihrer Gebieterin wohin sie beordert war; aber kaum hatte sie ihren Flug begonnen, so stach eine gierige

Schwalbe auf sie herab und verschlang zu großem Leidwesen des Fräuleins die Botschafterin der Liebe mit allen Depeschen. Darauf formte sie vermöge des wunderbaren Stabes eine Grille, lehrte ihr gleichen Spruch und Gruß: „Hüpfe, kleine Grille, über das Gebirge, zu Ratibor, dem Fürsten des Landes, und zirpe ihm ins Ohr, daß die getreue Emma begehrte Entledigung ihrer Banden durch seinen starken Arm." Die Grille flog und hüpfte so schnell sie konnte, auszurichten, was ihr befohlen war; aber ein langbeiniger Storch promenierte eben an dem Wege, darauf die Zirpe zog, erfaßte sie mit seinem langen Schnabel und begrub sie in das Verlies seines weiten Kropfes.

Diese mißlungenen Versuche schreckten die entschlossene Emma nicht ab, einen neuen zu wagen; sie gab der dritten Rübe die Gestalt einer Elster: „Schwanke hin, beredsamer Vogel," sprach sie, „von Baum zu Baum, bis du gelangest zu Ratibor, meinem Sponsen[44], sag' ihm an meine Gefangenschaft und gib ihm Bescheid, daß er meiner harre mit Roß und Mann, den dritten Tag von heute, an der Grenze des Gebirges im Maientale, bereit, den Flüchtling aufzunehmen, der seine Ketten zu zerbrechen wagt und Schutz von ihm begehrt." Die zwiefarbige Aglaster[45] gehorchte, flatterte von einem Ruheplatze zum andern, und die sorgsame Emma begleitete ihren Flug, so weit das Auge trug. Der harmvolle Ratibor irrte noch immer melancholisch in den Wäldern herum; die Rückkehr des Lenzes und die wiederauflebende Natur hatten seinen Kummer nur gemehret. Er saß unter einer schattenreichen Eiche, dachte an seine Prinzessin und erseufzte laut: „Emma!" Alsbald gab das vielstimmige Echo ihm diesen geliebten Namen schmeichelhaft zurück; aber zugleich rief auch eine unbekannte Stimme den seinigen aus. Er horchte hoch auf, sah niemand, wähnte eine Täuschung und hörte den nämlichen Ruf wiederholen. Kurz darauf erblickte er eine Elster, die

auf den Zweigen hin und wieder flog, und ward inne, daß der gelehrige Vogel ihn beim Namen rief: „Armer Schwätzer," sprach er, „wer hat dich gelehrt, diesen Namen auszusprechen, der einem Unglücklichen zugehört, welcher wünscht, von der Erde vertilgt zu sein wie sein Gedächtnis?" Hierauf faßte er wütend einen Stein und wollt' ihn nach dem Vogel schleudern, als dieser den Namen Emma hören ließ. Dieser Talisman entkräftete den Arm des Prinzen, frohes Entzücken durchschauerte alle seine Glieder, und in seiner Seele bebte es leise nach: Emma! Aber der Sprecher auf dem Baume begann mit der dem Elstergeschlecht eigenen Wohlredenheit den Spruch, der ihm gelehrt war. Fürst Ratibor vernahm nicht sobald diese fröhliche Botschaft, so wurd's hell in seiner Seele; der tödliche Gram, der die Sinne umnebelt und die Federkraft der Nerven erschlafft hatte, verschwand; er kam wieder zu Gefühl und Besinnung und forschte mit Fleiß von der Glücksverkünderin nach den Schicksalen der holden Emma; doch die gesprächige Elster konnte nichts als mechanisch ihre Lektion ohne Aufhören wiederholen und flatterte davon. Schnellfüßig wie Hasael[46] eilte der auflebende Waldmisanthrop[47] zu seinem Hoflager zurück, rüstete eilig das Geschwader der Reisigen[48], saß auf und zog mit ihnen hin ans Vorgebirge seiner guten Hoffnung, das Abenteuer zu bestehen.

Fräulein Emma hatte unterdessen mit weiblicher Schlauheit alles vorbereitet, ihr Vorhaben auszuführen. Sie ließ ab, den duldsamen Gnomen mit tötendem Kaltsinn zu quälen, ihr Auge sprach Hoffnung, und ihr spröder Sinn schien beugsamer zu werden. Solche glücklichen Aspekte läßt ein seufzender Liebhaber nicht leicht ungenutzt; der geistige Philogyn[49] empfand vermöge seiner geistigen Empfindsamkeit gar bald diese scheinbare Sinnesänderung der holden Spröden. Ein holdseliger Blick, eine freundliche Miene, ein bedeutsames Lächeln setzten sein entzündbares Wesen in volle Flammen, wie elektrische Funken einen Löffel voll Weingeist. Er wurde dreuster[50], erneuerte sein Liebesgewerbe, das lang geruhet hatte, bat um Erhörung und wurde nicht zurückgewiesen. Die Präliminarien[51] waren so gut als unterzeichnet; das Fräulein begehrte nur jungfräulichen Wohlstands halber noch einen Tag Bedenkzeit, welchen ihr der wonnetrunkene Gnom bereitwillig zugestand.

Den folgenden Morgen, kurz nach Sonnenaufgang, trat die schöne Emma geschmückt wie eine Braut hervor, mit allem Geschmeide belastet, das sie in ihrem Schmuckkästlein gefunden hatte. Ihr blondes Haar war in einen Knoten geschürzt, welchen eine Myrtenkrone überschattete; der Besatz ihres Kleides flinkerte von Juwelen, und da ihr der harrende Gnom auf der großen Terrasse im Lustgarten entgegenwandelte, bedeckte sie züchtiglich mit dem Ende des Schleiers ihr schamhaftes Angesicht. „Himmlisches Mädchen," stammelte er ihr entgegen, „laß mich die Seligkeit der Liebe aus deinen Augen trinken und weigere mir nicht länger den bejahenden Blick, der mich zum glücklichsten Wesen macht, das jemals die rote Morgensonne bestrahlt hat!" Hierauf wollte er ihr Antlitz enthüllen, um sein Glück aus ihren Augen zu lesen; denn er erdreustete sich nicht, ein mündliches Geständnis von ihr zu erpressen. Das Fräulein aber machte ihre Schleierwolke noch dichter um sich her und gegenredete gar bescheidentlich also: „Vermag eine Sterbliche dir zu widerstehen, Gebieter meines Herzens? Deine Standhaftigkeit hat obgesiegt. Nimm dies Geständnis von meinen Lippen, aber laß mein Erröten und meine Zähren diesen Schleier auffassen." – „Warum Zähren, o Geliebte?" fiel der beunruhigte Geist ihr ein, „jede deiner Zähren fällt wie ein brennender Naphthatropfen[52] mir aufs Herz, ich heische Liebe um Liebe und will nicht Aufopferung." – „Ach," erwiderte Emma, „warum mißdeutest du meine Tränen? Mein Herz lohnt deiner Zärtlichkeit; aber bange Ahnung zerreißt meine Seele. Das Weib hat nicht stets die Reize einer Geliebten; du alterst nimmer, aber irdische Schönheit ist eine Blume, die bald dahin welkt. Woran soll ich erkennen, daß du der zärtliche, liebevolle, gefällige, duldsame Gemahl sein werdest, wie du als Liebhaber warest?" Er antwortete: „Fordere einen Beweis meiner Treue oder des Gehorsams in Ausrichtung deiner Befehle; oder stelle meine Geduld auf die Probe und urteile daraus von der Stärke meiner unwandelbaren Liebe." –

„Es sei also!“ beschloß die schlaue Emma, „ich heische nur einen Beweis deiner Gefälligkeit. Gehe hin und zähl' die Rüben all auf dem Acker; mein Hochzeitstag soll nicht ohne Zeugen sein, ich will sie beleben, daß sie mir zu Kränzeljungfrauen dienen, aber hüte dich, mich zu täuschen, und verzähle dich nicht um eine, denn das ist die Probe, woran ich deine Treue prüfen will.“

So ungern sich der Gnom in diesem Augenblick von seiner reizenden Braut schied, so gehorchte er doch sonder Verzug, gab sich rasch an sein Geschäfte und hüpfte so hurtig unter den Rüben herum wie ein französischer Lazarettarzt unter den Kranken, die er auf den Kirchhof zu spedieren[53] hat. Er war durch diese Geschäftigkeit mit seinem Additionsexempel bald zustande; doch um der Sache recht gewiß zu sein, wiederholte er die Operation nochmals und fand zu seinem Verdruß einen Varianten in der Rechnung, welcher ihn nötigte, zum drittenmal den Rübenpöbel durchzumustern. Aber auch diesmal ergab sich eine neue Differenz, und das war eben nicht zu verwundern; ein Mädchenideal kann den besten arithmetischen Kopf verwirren, und selbst dem infallibeln[54] Kästner[55] solls ehedem unter gleichen Umständen oft begegnet sein, sich verrechnet zu haben.

Die verschmitzte Emma hatte ihren Paladin nicht sobald aus den Augen verloren, als sie zur Flucht Anstalt machte. Sie hielt eine saftvolle, wohlgenährte Rübe in Bereitschaft, welche sie flugs in ein mutiges Roß mit Sattel und Zeug metamorphosierte. Rasch schwang sie sich in den Sattel, flog über die Heiden und Steppen des Gebirges dahin, und der flüchtige Pegasus wiegte sie, ohne zu straucheln, auf seinem sanften Rücken hinab ins Maiental, wo sie dem geliebten Ratibor, der der Kommenden ängstlich entgegenharrte, sich fröhlich in die Arme warf.

Der geschäftige Gnom hatte sich indessen so in seine Zahlen vertieft, daß er von dem, was um und neben ihm geschah, so wenig wußte als der kalkulierende Newton von dem geräuschvollen Siegesgepränge der Blindheimer Schlacht[56], das unter seinem Fenster vorüberzog. Nach langer Müh' und Anstrengung seiner Geisteskraft wars ihm endlich gelungen, die wahre Zahl aller Rüben auf dem Ackerfelde, klein und groß mit eingerechnet, gefunden zu haben. Er eilte nun froh zurück, sie seiner Herzensgebieterin gewissenhaft zu berechnen und durch die pünktliche Erfüllung ihrer Befehle sie zu überzeugen, daß er der gefälligste und unterwürfigste Gemahl sein werde, den jemals Phantasie und Kaprize einer Adamstochter beherrscht hat. Mit Selbstzufriedenheit trat er auf den Rasenplatz; aber da fand er nicht, was er suchte; er lief durch die bedeckten Lauben und Gänge; auch da war nicht, was er begehrte; er kam in den Palast, durchspähte alle Winkel desselben, rief den holden Namen Emma aus, den ihm die einsamen Hallen zurücktönten, begehrte einen Laut von dem geliebten Munde; doch da war weder Stimme noch Rede. Das fiel ihm auf, er merkte Unrat; flugs warf er das schwerfällige Phantom der Verkörperung ab, wie ein träger Ratsherr seinen Schlafrock, wenn vom Turme der Feuerwächter Lärm bläst, schwang sich hoch in die Luft und sah den geliebten Flüchtling in der Ferne, als eben der rasche Gaul über die Grenze setzte. Wütig ballte der ergrimmte Geist ein paar friedlich vorüberziehende Wolken zusammen und schleuderte einen kräftigen Blitz der Fliehenden nach, der eine tausendjährige Grenzeiche zersplitterte; aber jenseits derselben war des Gnomen Rache unkräftig, und die Donnerwolke zerfloß in einen sanften Heiderauch.

Nachdem er die obern Luftregionen verzweiflungsvoll durchkreuzt, seine unglückliche Liebe den vier Winden geklagt und seine stürmende Leidenschaft ausgetobt hatte, kehrte er trübsinnig in den Palast zurück, schlich durch alle Gemächer und erfüllte sie mit Seufzen und Stöhnen. Nachher besuchte er noch einmal den Lustgarten; doch diese ganze Zauberschöpfung hatte keinen Reiz mehr für ihn; eine einzige Fußtapfe der geliebten Ungetreuen, in den Sand gedrückt, welche er bemerkte, beschäftigte seine Aufmerksamkeit mehr als die goldnen Äpfel an den Bäumen und die buntfarbige mosaische Ausfüllung der Buchsbaumschnörkel auf den Blumenstücken. Die Ideen des wonniglichen Genusses erwachten wieder an jedem Platze: wo sie vormals ging und stund, wo sie Blumen gepflückt oder ausgezupft, wo er sie oft unsichtbar belauscht, oft, mit der körperlichen Hülle umgeben, trauliche Unterredung mit ihr gepflogen hatte. Alles das würgt' und knotet' ihn so zusammen, preßt' und drückt' ihn dergestalt auf die Zirbeldrüse[57], daß er unter der Last seiner Gefühle in dumpfes Hinbrüten versank. Bald hernach brach sein Unmut in gräßliche Verwünschungen aus, nachdem er seiner ersten Liebe eine stattliche Trauerrede gehalten, und er vermaß sich höchlich, der Menschenkunde ganz zu entsagen und von diesem argen, betrüglichen Geschlechte fürohin keine weitere Notiz zu nehmen. In dieser Entschließung stampft' er dreimal auf die Erde, und der ganze Zauberpalast mit all seiner Herrlichkeit kehrte in sein ursprüngliches Nichts zurück. Der Abgrund aber sperrte seinen weiten Rachen auf, und der Gnom fuhr hinab in die Tiefe bis an die entgegengesetzte Grenze seines Gebietes, in den Mittelpunkt der Erde, und nahm Spleen und Menschenhaß mit dahin.

Während dieser Katastrophe im Gebirge war Fürst Ratibor geschäftig, die herrliche Braut seiner Wegelagerung in Sicherheit zu bringen, führte die schöne Emma mit triumphalischem Pomp an den Hof ihres Vaters zurück, vollzog daselbst seine Vermählung, teilte mit ihr den Thron seines Erbes und erbaute die Stadt Ratibor, die noch seinen Namen trägt bis auf diesen Tag. Das sonderbare Abenteuer der Prinzessin, das ihr auf dem Riesengebirge begegnet war, ihre kühne Flucht und glückliche Entrinnung wurden das Märchen des Landes, pflanzten sich von Geschlecht zu Geschlecht fort bis in die entferntesten Zeiten, und die schlesischen Damen nebst ihren Nachbarinnen zur Rechten und Linken und vom Aufgang zum Niedergang fanden so vielen Geschmack daran, daß sie das Strategem der schlauen Emma noch oft benutzen und den unbehäglichen Ehekonsorten wegschicken, Rüben zu zählen, wenn sie den Buhlen beschieden haben. Und die Inwohner der umliegenden Gegenden, die den Nachbar Berggeist bei seinem Geisternamen nicht zu nennen wußten, legten ihm einen Spottnamen auf, riefen ihn Rübenzähler oder kurzab Rübezahl.

Zwote Legende

Die Mutter Erde war also von jeher der Zufluchtsort, wohin sich gestörte Liebe barg. Die unglücklichen Wichte unter den Adamskindern, welche Wunsch und Hoffnung täuscht, öffnen sich unter solchen Umständen den Weg dahin durch Strick und Dolch, durch Blei und Gift, durch Darrsucht[58] und Bluthusten oder sonst auf eine unbequeme Art. Aber die Geister bedürfen all der Umständlichkeiten nicht und genießen überdies des Vorteils, daß sie nach Belieben in die Oberwelt zurückkehren können, wenn sie ausgetrotzt oder ihre Leidenschaft ausgetobet haben, da den Sterblichen der Weg zur Rückkehr auf ewig verschlossen ist. Der unmutsvolle Gnom verließ die Oberwelt mit dem Entschluß, nie wieder das Tageslicht zu schauen, doch die wohltätige Zeit verwischte nach und nach die Eindrücke seines Grams; gleichwohl erforderte diese langwierige Operation einen Zeitraum von neunhundertundneunundneunzig Jahren, ehe die alte Wunde ausheilte. Endlich, da ihn die Beschwerde der Langenweile drückte und er einmal sehr übel aufgeräumt war, brachte sein Favorit und Hofschalksnarr in der Unterwelt, ein drolliger Kobold, eine Lustpartie aufs Riesengebirge in Vorschlag, welchen Seine Herrlichkeit zu goutieren[59] nicht ermangelte. Es brauchte nicht mehr als den Zeitblick einer Minute, so war die weite Reise vollendet, und er befand sich mitten auf dem großen Rasenplatze seines ehemaligen Lustgartens, dem er nebst dem übrigen Zubehör die vorige Gestalt gab; doch blieb alles für menschliche Augen verborgen, die Wanderer, die übers Gebirge zogen, sahen nichts als eine fürchterliche Wildnis. Der Anblick dieser Objekte, die er in der ehemaligen Liebesepoche in einem rosenfarbenen Lichte schimmern sah, erneuerten alle Ideen der verjährten Liebschaft, und ihm dünkte, die Geschichte mit der schönen Emma sei erst seit ehegestern vorgefallen, ihr Bild schwebte ihm noch so deutlich vor, als stünd' sie neben ihm. Aber die Erinnerung, wie sie ihn überlistet und hintergangen hatte, machte seinen Groll gegen die ganze Menschheit wieder rege. „Unseliges Erdengewürm," rief er aus, indem er aufschaute und vom hohen Gebirge die Türme der Kirchen und Klöster in Städten und Flecken erblickte, „du treibst, seh' ich, dein Wesen noch immer unten im Tale. Hast mich baß[60] geäfft durch Tücken und Ränke, sollst mir nun büßen; will dich auch hetzen und wohl plagen, daß dir soll bange werden vor dem Treiben des Geistes im Gebirge!"

Kaum hatte er dies Wort gesagt, so vernahm er in der Ferne Menschenstimmen. Drei junge Gesellen wanderten durchs Gebirge, und der keckste unter ihnen rief ohn' Unterlaß: „Rübezahl, komm herab! Rübezahl, Mädchendieb!" Von undenklichen Jahren her hatte die Lästerchronik die Liebesgeschichte des Berggeistes in mündlichen Überlieferungen getreulich aufbewahrt, sie wie gewöhnlich mit lügenhaften Zusätzen vermehrt, und jeder Reisende, der das Riesengebirge betrat, unterhielt sich mit seinem Gefährten von den Abenteuern desselben. Man trug sich mit unzähligen Spukhistörchen, die sich niemals begeben hatten, machte damit zaghafte Wanderer fürchten, und die starken Geister, Witzlinge und Philosophen, die am hellen Tage und in zahlreicher Gesellschaft keine Gespenster glauben und sich darüber lustig machen, pflegten aus Übermut, oder um ihre Herzhaftigkeit zu beweisen, den Geist oft zu zitieren, ihn aus Schäkerei bei seinem Ekelnamen zu rufen und auf ihn zu schimpfen. Man hatte nie gehört, daß dergleichen Insulten[61] von dem friedsamen Berggeiste wären gerügt worden, denn in den Tiefen des Abgrundes erfuhr er von diesem mutwilligen Hohn kein Wort. Desto mehr war er betroffen, da er seine ganze Chronique scandaleuse jetzt so kurz und bündig ausrufen hörte. Wie der Sturmwind rast' er durch den düstern Fichtenwald und war schon im Begriff, den armen Tropf, der sich ohne Absicht über ihn lustig gemacht hatte, zu erdrosseln, als er in dem Augenblick bedachte, daß eine so exemplarische Rache groß Geschrei im Lande erregen, alle Wanderer aus dem Gebirge wegbannen und ihm die Gelegenheit rauben würde, sein Spiel mit den Menschen zu treiben. Darum ließ er ihn nebst seinen Konsorten geruhig ihre Straße ziehen, mit dem Vorbehalt, ihm seinen verübten Mutwillen doch nicht ungenossen hingehen zu lassen.

Auf dem nächsten Scheidewege trennte sich der Hohnsprecher von seinen beiden Kameraden und

gelangte diesmal mit heiler Haut in Hirschberg[62], seiner Heimat, an. Aber der unsichtbare Geleitsmann war ihm bis zur Herberge gefolget, um ihn zu gelegner Zeit dort zu finden. Jetzt trat er seinen Rückweg ins Gebirge an und sann auf Mittel, sich zu rächen. Von ungefähr begegnete ihm auf der Landstraße ein reicher Israelit, der nach Hirschberg wollte; da kam ihm in den Sinn, diesen zum Werkzeug seiner Rache zu gebrauchen. Also gesellt' er sich zu ihm in der Gestalt des losen Gesellen, der ihn gefoppt hatte, und kosete[63] freundlich mit ihm, führt' ihn unvermerkt seitab von der Straße, und da sie ins Gebüsche kamen, fiel er dem Juden mörderisch in den Bart, zauste ihn weidlich, riß ihn zu Boden, knebelt' ihn und raubt' ihm seinen Säckel, worin er viel Geld und Geschmeide trug. Nachdem er ihn mit Faustschlägen und Fußtritten zum Valet[64] noch gar übel traktiert hatte, ging er davon, ließ den armen geplünderten Juden, der sich seines Lebens verzieh, halbtot im Busche liegen.

Als sich der Israelit von seinem Schrecken erholt hatte und wieder Leben in ihm war, fing er an zu wimmern und laut um Hilfe zu rufen, denn er fürchtete in der grausenvollen Einöde zu verschmachten. Da trat ein feiner, ehrbarer Mann zu ihm, dem Ansehen nach ein Bürger aus einer der umliegenden Städte, frug, warum er also jammere, und wie er ihn geknebelt fand, löset' er ihm die Bande von Händen und Füßen und leistete ihm alles das, was der barmherzige Samariter im Evangelium[65] dem Manne tat, der unter die Mörder gefallen war. Nachher labt' er ihn mit einem herrlichen Schluck Kordialwasser[66], das er bei sich trug, führte ihn wieder auf die Landstraße und geleitet' ihn freundlich, wie der Engel Raphael den jungen Tobias[67], bis er ihn brachte gen Hirschberg an die Tür der Herberge, dort reicht' er ihm einen Zehrpfennig und schied von ihm. Wie erstaunte der Jud', da er beim Eintritt in den Krug seinen Räuber am Zechtisch erblickte, so frei und unbefangen, als ein Mensch sein kann, der sich keiner Übeltat bewußt ist. Er saß hinter einem Schoppen Landwein, trieb Scherz und gute Schwänke mit andern lustigen Zechbrüdern, neben ihm lag der nämliche Watsack[68], in welchen er den geraubten Säckel geborgen hatte. Der bestürzte Jude wußte nicht, ob er seinen Augen trauen sollte, schlich sich in einen Winkel und ging mit sich selbst zu Rate, wie er wieder zu seinem Eigentum gelangen möchte. Es schien ihm unmöglich, sich in der Person geirret zu haben, darum dreht' er unbemerkt sich zur Tür hinaus, ging zum Richter und brachte seinen Diebesgruß[69] an. – Die Hirschberger Justiz stund damals in dem Rufe, daß sie schnell und tätig sei, Recht und Gerechtigkeit zu handhaben, wenns was zu liquidieren gab; wo sie aber ex officio[70] ihrer Pflicht Genüge leisten mußte, ging sie, wie anderwärts, ihren Schneckengang. Der erfahrne Israelit war mit dem gewöhnlichen Gange derselben schon bekannt und verwies den unentschlossenen

Richter, der lange zögerte, die Denunziation[71] niederzuschreiben, auf das blendende Corpus delicti, und diese güldne Hoffnung unterließ nicht, einen Verhaftungsbefehl auszuwirken. Häscher bewaffneten sich mit Spießen und Stangen, umringten das Schenkhaus, griffen den unschuldigen Verbrecher und führten ihn vor die Schranken der Ratsstube, wo sich die weisen Väter indes versammelt hatten. „Wer bist du?" frug der ernsthafte Stadtrichter, als der Inquisit hineintrat, „und von wannen[72] kommst du?“ Er antwortete freimütig und unerschrocken: „Ich bin ein ehrlicher Schneider meines Handwerks, Benedix genannt, komme von Liebenau und stehe hier in Arbeit bei meinem Meister.“

„Hast du nicht diesen Juden im Walde mörderisch überfallen, übel geschlagen, gebunden und seines Säckels beraubt?“

„Ich habe diesen Juden nie mit Augen gesehen, hab' ihn auch weder geschlagen, noch gebunden, noch seines Säckels beraubt. Ich bin ein ehrlicher Zünftler und kein Straßenräuber.“

„Womit kannst du deine Ehrlichkeit beweisen?“

„Mit meiner Kundschaft und dem Zeugnis meines guten Gewissens.“

„Weis' auf deine Kundschaft.“

Benedix öffnete getrost den Watsack, denn er wußte wohl, daß er nichts als sein wohl erworbnes Eigentum darin verwahrte. Doch wie er ihn ausleerte, sieh da! da klingelts unter dem herausstürzenden Plunder wie Geld. Die Häscher griffen hurtig zu, störten den Kram auseinander und zogen den schweren Säckel hervor, welchen der erfreute Jud' alsbald als sein Eigentum mit Beweiskraft reklamierte. Der Wicht stund da wie vom Donner gerührt, wollte vor Schrecken umsinken, ward bleich um die Nase, die Lippen bebten, die Knie wankten, er verstummte und sprach kein Wort. Des Richters Stirn verfinsterte sich, und eine drohende Gebärde weissagte einen strengen Bescheid.

„Wie nun, Bösewicht!“ donnerte der Stadtvogt, „erfrechst du dich noch, den Raub zu leugnen?“

„Erbarmung, gestrenger Herr Richter!“ winselte der Inkulpat[73] auf den Knien, mit hochaufgehobnen Händen. „Alle Heiligen im Himmel rufe ich zu Zeugen an, daß ich unschuldig bin an dem Raube; weiß nicht, wie des Juden Säckel in meinen Watsack gekommen ist, Gott weiß es.“

„Du bist überwiesen", redete der Richter fort, „der Säkkel zeiht dich genugsam des Verbrechens, tue Gott und der Obrigkeit die Ehre und bekenne freiwillig, ehe der Peiniger kommt, dir das Geständnis der Wahrheit abzufoltern."

Der geängstigte Benedix konnte nichts als sich auf seine Unschuld berufen; aber er predigte tauben Ohren, man hielt ihn für einen hartnäckigen Gaudieb[74], der sich nur aus der Halsschlinge herausleugnen wollte. Meister Hämmerling[75], der fürchterliche Wahrheitsforscher, wurde hereinberufen, durch die stählernen Argumente seiner Beredsamkeit ihn zu vermögen, Gott und der Obrigkeit die Ehre anzutun, sich um den Hals zu bekennen. Jetzt verließ den armen Wicht die standhafte Freudigkeit seines guten Gewissens, er bebte zurück vor den Qualen, die seiner warteten. Da der Peiniger im Begriff war, ihm die Daumenstöcke anzulegen, bedacht' er, daß diese Operation ihn untüchtig machen würde, jemals wieder mit Ehren die Nadel zu führen, und eh' er wollt' ein verdorbner Kerl bleiben sein Leben lang, meint' er, es sei besser, der Marter mit einemmal abzukommen, und gestund das Bubenstück ein, davon sein Herz nichts wußte. Der Kriminalprozeß wurde hierauf brevi manu[76] abgetan, der Inquisit, ohne daß sich das Gericht teilte, von Richter und Schöppen zum Strange verurteilt, welcher Rechtsspruch, zu Pflegung prompter Justiz und zu Ersparung der Atzungskosten[77], gleich tags darauf bei frühem Morgen vollzogen werden sollte.

Alle Zuschauer, welche das hochnotpeinliche Halsgericht herbeigelockt hatte, fanden das Urteil des wohlweisen Magistrats gerecht und billig; doch keiner rief den Richtern lautern Beifall zu als der barmherzige Samariter, der sich mit in die Kriminalstube eingedrungen hatte und nicht satt werden konnte, die Gerechtigkeitsliebe der Herren von Hirschberg zu erheben; und in der Tat hatte auch niemand nähern Anteil an der

Sache als eben dieser Menschenfreund, der mit unsichtbarer Hand des Juden Säckel in des Schneiders Watsack verborgen hatte und kein anderer als Rübezahl selbst war. Schon am frühen Morgen lauerte er am Hochgericht in Rabengestalt auf den Leichenzug, der das Opfer seiner Rache dahin begleiten sollte, und es regte sich bereits in ihm der Rabenappetit, dem neuen Ankömmlinge die Augen auszuhacken; aber diesmal harrte er vergebens. Ein frommer Ordensbruder, der von dem Werte der Bekehrungen auf dem Rabensteine ganz andere Gedanken hegte als einige neuerungssüchtige Theologen und der alle Malefikanten[78], die er zum Tode bereitete, mit dem Geruch der Heiligkeit zu durchtränken sich beeiferte, fand an dem unwissenden Benedix einen so rohen, wüsten Klotz, daß es ihm unmöglich schien, in so kurzer Zeit, als ihm zu dem Bekehrungsgeschäfte übrigblieb, einen Heiligen daraus zu schnitzeln; er bat deshalb das Kriminalgericht um einen dreitägigen Aufschub, den er dem frommen Magistrat nicht ohne große Mühe und unter Androhung des Kirchenbannes endlich abzwang. Als Rübezahl davon hörte, flog er ins Gebirge, den Exekutionstermin daselbst zu erwarten.

In diesem Zwischenraume durchstrich er nach Gewohnheit die Wälder und erblickte auf dieser Promenade eine junge Dirne, die sich unter einen schattenreichen Baum gelagert hatte. Ihr Haupt sank schwermütig in den Busen herab, und sie unterstützte solches mit einem schwanenweißen Arm, ihre Kleidung war nicht kostbar, aber reinlich, und der Zuschnitt daran bürgerlich. Von Zeit zu Zeit verwischte sie mit der Hand eine herabrollende Zähre von den Wangen, und stöhnende Seufzer quollen aus der vollen Brust hervor. Schon ehemals hatte der Gnom die mächtigen Eindrücke jungfräulicher Zähren empfunden; auch jetzt war er so gerührt davon, daß er von dem Gesetz, welches er sich auferlegt hatte, alle Adamskinder, die durchs Gebirge ziehen würden, zu

tücken und zu quälen, die erste Ausnahme machte, die Empfindung des Mitleidens sogar als ein wohltuend Gefühl erkannte und Verlangen trug, die Schöne zu trösten. Er gestaltete sich wieder als ein reputierlicher[79] Bürger, trat die junge Dirne freundlich an und sprach: „Mägdlein, was trauerst du hier in der Wüste so einsam? Verhehle mir nicht deinen Kummer, daß ich zusehe, wie dir zu helfen stehe."

Die Dirne, die ganz in Schwermut verschwebt war, schreckte auf, da sie diese Stimme hörte, und hob ihr erdwärts gesenktes Haupt. Ha, was für ein schmachtendes, lasurfarbenes[80] Augenpaar blickte da hervor, deren sanft gebrochnes Licht ein Herz von Stahl zu schmelzen fähig war! Zwo helle Tränen glänzten darinnen wie Karfunkeln, und das holde jungfräuliche Antlitz war mit dem Ausdruck banger Schmerzensgefühle übergossen, wodurch die Reize des lieblichen Nonnengesichtes nur noch mehr erhoben wurden. Da sie den ehrsamen Mann vor sich stehen sah, öffnete sie ihren Purpurmund und sprach: „Was kümmert Euch mein Schmerz, guter Mann, sintemal[81] mir nicht zu helfen stehet. Ich bin eine Unglückliche, eine Mörderin, habe den Mann meines Herzens gemordet und will abbüßen meine Schuld mit Jammer und Tränen, bis mir der Tod das Herz zerbricht."

Der ehrbare Mann staunte. „Du eine Mörderin?" frug er, „bei diesem himmlischen Gesicht trügst du die Hölle im Herzen? Unmöglich! – Zwar die Menschen sind aller Ränke und Bosheit fähig, das weiß ich; gleichwohl ist mirs hier ein Rätsel."

„So will ichs Euch lösen," erwiderte die trübsinnige Jungfrau, „wenn Ihr verlangt, es zu wissen."

Er sprach: „Sag' an!"

Sie: „Ich hatte einen Gespielen von Jugend an, den Sohn einer tugendsamen Wittib[82], meiner Nachbarin, der mich zu seinem Liebchen erkor, als er heranwuchs. Er war so lieb und gut, so treu und bieder, liebte so standhaft und herzig, daß er mir das Herz stahl und ich ihm ewige Treu' gelobte. – Ach, das Herz des lieben Jungen habe ich Natter vergiftet, hab' ihn der Tugendlehren seiner frommen Mutter vergessen gemacht und zu einer Übeltat verleitet, wofür er das Leben verwirkt hat!"

Der Gnom rief emphatisch: „Du?"

„Ja Herr," sprach sie, „ich bin seine Mörderin, hab' ihn gereizt, einen Straßenraub zu begehen und einen schelmischen Juden zu plündern; da haben ihn die Herren von Hirschberg gegriffen, Halsgericht über ihn gehegt, und o Herzeleid! morgen wird er abgetan."

„Und das hast du verschuldet?" frug verwundernd Rübezahl.

„Ja Herr! Ich habs auf meinem Gewissen, das junge Blut!"

„Wie das?"

„Er zog auf die Wanderschaft übers Gebirge, und als

er beim Valet an meinem Halse hing, sprach er: ‚Fein Liebchen, bleib mir treu! Wenn der Apfelbaum zum drittenmal blühet und die Schwalbe zu Neste trägt, kehr' ich von der Wanderschaft zurück, dich heimzuholen als mein junges Weib'; und das gelobt' ich ihm zu werden durch einen teuren Eid. Nun blühete der Apfelbaum zum drittenmal, und die Schwalbe nistete, da kam Benedix wieder, erinnerte mich meiner Zusage und wollte mich zur Trau führen. Ich aber neckt' und höhnt' ihn, wie die Mädchen oft den Freiern tun, und sprach: ‚Dein Weib kann ich nicht werden, mein Bettlein hat für zwei nicht Raum, und du hast weder Herd noch Obdach; schaff dir erst blanke Batzen an, dann frage wieder zu.' Der arme Junge wurde durch diese Rede sehr betrübt. ‚Ach Klärchen!' seufzt' er tief, mit einer Träne im Auge, ‚steht dir dein Sinn nach Geld und Gut, so bist du nicht das biedre Mädchen mehr, das du vormals warest! Schlugst du nicht ein in diese Hand, da du mir deine Treue schwurest? Und was hatte ich mehr als diese Hand, dich einst damit zu nähren? Woher dein Stolz und spröder Sinn? Ach Klärchen, ich verstehe dich: ein reicher Buhler hat mir dein Herz entwendet. Lohnst du mir also, Ungetreue? Drei Jahre hab' ich mit Sehnsucht und Harren traurig verlebt, hab' jede Stunde gezählt bis auf diesen Tag, da ich kam, dich heimzuführen. Wie leicht und rasch machte meinen Fuß Hoffnung und Freude, da ich übers

Gebirge wandelte, und nun verschmähst du mich!‘ Er bat und flehete, doch ich blieb fest auf meinem Sinn: ‚Mein Herz verschmäht dich nicht, o Benedix!‘ antwortete ich, ‚nur meine Hand versag’ ich dir vorjetzt; zieh hin, erwirb dir Gut und Geld, und hast du das, so komm, dann will ich gern mein Bettlein mit dir teilen.‘ ‚Wohlan,‘ sprach er mit Unmut, ‚du willst es so, ich gehe in die Welt, will laufen, will rennen, will betteln, stehlen, schmorgen[83], sorgen, und eher sollst du mich nicht wieder sehen, bis ich erlange den schnöden Preis, um den ich dich erwerben muß. Leb’ wohl, ich fahre hin, ade!‘ So hab’ ich ihn betört, den armen Benedix; er ging ergrimmt davon, da verließ ihn sein guter Engel, daß er tat, was nicht recht war und was sein Herz gewiß verabscheute.“

Der ehrsame Mann schüttelte den Kopf über diese Rede und rief nach einer Pause mit nachdenklicher Miene: „Wunderbar!“ Hierauf wendete er sich zu der Dirne: „Warum“, frug er, „erfüllst du aber hier den leeren Wald mit deinen Wehklagen, die dir und deinem Buhlen nichts nützen noch frommen können?“

„Lieber Herr,“ fiel sie ihm ein, „ich war auf dem Wege nach Hirschberg, da wollte mir der Jammer das Herz abdrücken, darum weilt’ ich unter diesem Baume.“

„Und was willst du in Hirschberg tun?“

„Ich will dem Blutrichter zu Fuße fallen, will mit meinem Klaggeschrei die Stadt erfüllen, und die Töchter der Stadt sollen mir wehklagen helfen, ob das die Herren erbarmen möchte, dem unschuldigen Blut das Leben zu schenken; und so mirs nicht gelingt, meinen Buhlen dem schmählichen Tode zu entreißen, will ich freudig mit ihm sterben.“

Der Geist wurde durch diese Rede so bewegt, daß er von Stund’ an seiner Rache ganz vergaß und der Trostlosen ihren Buhlen wiederzugeben beschloß. „Trockne ab deine Tränen“, sprach er mit teilnehmender Gebärde,

„und laß deinen Kummer schwinden. Ehe die Sonne zu Rüste gehet, soll dein Buhle frank und frei sein. Morgen um das erste Hahnengeschrei sei wach und horchsam, und wenn ein Finger ans Fenster klopft, so tu auf die Tür zu deinem Kämmerlein: denn es ist Benedix, der davor stehet. Hüte dich, ihn wieder wild zu machen durch deinen spröden Sinn. – Du sollst auch wissen, daß er das Bubenstück nicht begangen hat, dessen du ihn zeihest, und du hast des gleichfalls keine Schuld; denn er hat sich durch deinen Eigensinn zu keiner bösen Tat reizen lassen."

Die Dirne, verwundert über diese Rede, sah ihm starr und steif ins Gesicht, und weil darin das Fältlein der Schälkelei oder des Trugs sich nicht veroffenbarte, gewann sie Zutrauen, ihre trübe Stirn klärte sich auf, und sie sprach mit hoher Zweifelmütigkeit: „Lieber Herr, wenn Ihr meiner nicht spottet und dem so ist, wie Ihr sagt, so müßt Ihr ein Seher oder der gute Engel meines Buhlen sein, daß Ihr das all so wisset."

„Sein guter Engel?" versetzte Rübezahl betroffen, „nein, der bin ich wahrlich nicht; aber ich kanns werden, und du sollsts erfahren! Ich bin ein Bürger aus Hirschberg, habe mit zu Rate gesessen, als der arme Sünder verurteilt wurde; aber seine Unschuld ist ans Licht gebracht; fürchte nicht für sein Leben. Ich will hin, ihn seiner Banden zu entledigen, denn ich vermag viel in der Stadt. Sei gutes Muts und kehre heim in Frieden." Die Dirne machte sich alsbald auf und gehorchte, obgleich Furcht und Hoffnung in ihrer Seele kämpften.

Der ehrwürdige Pater Graurock hatte sichs die drei Tage des Aufschubs blutsauer werden lassen, den Delinquenten gehörig zu beschicken, um seine arme Seele der Hölle zu entreißen, der sie seiner Meinung nach verpfändet war von Jugend auf. Denn der gute Benedix war ein unwissender Laie, der um Nadel und Schere ungleich bessern Bescheid wußte als um den Rosenkranz.

Den Engelgruß und das Paternoster[84] mengt' er stets durcheinander, und vom Credo[85] wußt' er keine Silbe; der eifrige Mönch hatte alle Mühe von der Welt, ihn das letztere zu lehren und brachte mit dieser Arbeit zwei volle Tage zu. Denn wenn er sich die Formel aufsagen ließ und das Gedächtnis des armen Sünders auch nicht strauchelte, so unterbrach doch oft ein Gedanke an das Irdische und der halblaute Seufzer: ach Klärchen! die ganze Lektion. Darum es die religiöse Politik des frommen Bruders zuträglich fand, dem verlornen Schafe die Hölle recht heiß zu machen, und das gelang ihm auch dergestalt, daß der geängstigte Benedix kalten Todesschweiß schwitzte und zu geheiligter Freude seines Bekehrers Klärchen rein darüber vergaß. Aber die Vorstellung der angedrohten Martern in der Hölle folterte ihn so unablässig, daß er nichts als bocksfüßige, gehörnte Teufel vor Augen sah, die mit Karsten[86] und Hacken die fasernackten Scharen verdammter Seelen in den ungeheuren Walfischrachen des höllischen Feuerschlundes hineinlotsten. Diesen qualvollen Zustand seines Seelenpfleglings ließ der eifrige Ordensmann insoweit sich zu Herzen gehen, daß er der geistlichen Klugheit gemäß erachtete, den Vorhang im Hintergrunde fallen zu lassen und die gräßliche Teufelsszene zu verbergen. Dagegen hitzte er den Schmelzofen des Fegefeuers nun desto stärker, welches für den feuerscheuen Benedix ein leidiger Trost war.

„Deine Missetat, mein Sohn, ist groß," sprach er, „aber verzage drum nicht, die Flammen des Fegfeuers werden dich davon reinigen. Wohl dir, daß du das Verbrechen nicht an einem rechtgläubigen Christen verübt hast; denn da würdest du tausend Jahre, in dem siedenden Schwefelpfuhle bis an den Hals versenkt, dafür büßen müssen. Weil du aber nur einen verworfenen Juden geplündert hast, so wird in hundert Jahren deine Seele rein wie ausgebranntes Silber sein, und ich will so viel

Seelmessen für dich lesen, daß du nicht tiefer bis an den Gürtel in der unauslöschlichen Lava waten sollst.“ Ob sich nun wohl Benedix völlig unschuldig wußte, so glaubt' er doch so feste an den Binde- und Löseschlüssel seines Beichtigers, daß er auf die Revision seines Prozesses in jener Welt gar nicht rechnete; und in dieser Welt sich nochmals darauf zu berufen, schreckte ihn die Furcht vor der Folter ab. Darum legt' er sich aufs Bitten, flehte seinen geistlichen Rhadamant[87] um Barmherzigkeit an und suchte von den Qualen des Fegfeuers so viel abzudingen als möglich; wodurch sich denn der strenge Pönitenziarius[88] bewogen fand, ihn endlich nur bis an die Knie ins Feuerbad zu versenken. Wobei es sein Verbleiben hatte; denn aller Lamenten ungeachtet, ließ er sich weiter keinen Zollbreit abhandeln.

Eben verließ der unerbittliche Sündenrüger den Kerker, nachdem er dem trostlosen Delinquenten zum letzten Male gute Nacht gewünscht hatte, als ihm Rübezahl unsichtbarerweise beim Eingange begegnete, noch unentschlossen, wie er sein Vorhaben, den Delinquenten in Freiheit zu setzen, so auszuführen vermöchte, daß den Herren von Hirschberg der Spaß nicht verdorben würde, einen Aktus ihrer verjährten Kriminaljurisdiktion auszuüben; denn der Magistrat hatte sich durch die sträckliche[89] Gerechtigkeitspflege bei ihm in guten Kredit gesetzt. In dem Augenblicke geriet er auf einen Einfall, der recht nach seinem Sinne war. Er schlich dem Mönche ins Kloster nach, stahl

aus der Kleiderkammer ein Ordenskleid, fuhr hinein und begab sich in Gestalt des Bruders Graurock ins Gefängnis, welches ihm der Kerkermeister ehrerbietig öffnete.

„Das Heil deiner Seele“, redete er den Gefangenen an, „treibt mich nochmals hierher, da ich dich kaum verlassen habe. Sag' an, mein Sohn, was hast du noch auf deinem Herzen und Gewissen, damit ich dich tröste.“ – „Ehrwürdiger Vater,“ antwortete Benedix, „mein Gewissen beißt mich nicht; aber euer Fegfeuer bangt und ängstet mich und preßt mir das Herz zusammen, als lägs zwischen den Daumenstöcken.“ Freund Rübezahl hatte von kirchlichen Lehrmeinungen sehr unvollständige und verworrene Begriffe, daher war ihm die Querfrage: „Wie meinst du das?“ wohl zu verzeihen. „Ach,“ gegenredete Benedix, „in dem Feuerpfuhl bis an die Knie zu waten, Herr, das halt' ich nicht aus!“ – „Narr,“ versetzte Rübezahl, „so bleib davon, wenn dir das Bad zu heiß ist.“ Benedix ward an dieser Rede irre, sah dem Pfaffen starr ins Gesicht, daß dieser merkte, er habe irgendeine Unschicklichkeit vorgebracht; darum lenkt' er ein: „Davon ein andermal; denkst du auch noch an Klärchen? Liebst du sie noch als deine Braut? Und hast du ihr etwas vor deiner Hinfahrt zu sagen, so vertrau' es mir.“ Benedix staunte bei diesem Namen noch mehr; der Gedanke an sie, den er mit großer Gewissenhaftigkeit in seiner Seele zu ersticken bemüht gewesen war, wurde auf einmal wieder so heftig angefacht, besonders da vom Abschiedsgruße die Rede war, daß er überlaut anfing zu weinen und zu schluchzen und kein Wort vorzubringen vermögend war. Diese herzbrechende Gebärdung jammerte den mitleidigen Pfaffen so, daß er beschloß, dem Spiel ein Ende zu machen. „Armer Benedix,“ sprach er, „gib dich zufrieden und sei getrost und unverzagt, du sollst nicht sterben. Ich hab' in Erfahrung gebracht, daß du unschuldig bist an dem Raube und deine Hand mit keinem Laster befleckt hast, darum bin ich kommen, dich aus dem Kerker zu reißen und der Banden zu entledigen." Er zog einen Schlüssel aus der Tasche; „laß sehen," fuhr er fort, „ob er schließe." Der Versuch gelang, der Entfesselte stund da frank und frei, das Geschmeide fiel ab von Händen und Füßen. Hierauf wechselte der gutmütige Pfaff mit ihm die Kleider und sprach: „Gehe gemachsam wie ein frommer Mönch durch die Schar der Wächter vor der Tür des Gefängnisses und durch die Straßen, bis du der Stadt Weichbild[90] hinter dir hast; dann schürze dich hurtig und schreite rüstig zu, daß du gelangest ins Gebirge endelich, und raste nicht, bis du in Liebenau vor Klärchens Tür stehest, klopfe leise an, dein Liebchen harret deiner mit ängstlichem Verlangen."

Der gute Benedix wähnte, das alles sei nur ein Traum, rieb sich die Augen, zwickte sich in die Arme und Waden, um zu versuchen, ob er wache oder schlafe, und da er inne ward, daß sich alles so verhalte, fiel er seinem Befreier zu Fuße und umfing seine Knie, wollte eine Danksagung stammeln und lag da in stummer Freude, denn die Worte versagten ihm. Der liebreiche Pfaff trieb ihn endlich fort und reicht' ihm noch ein Laib Brot und eine Knackwurst zur Zehrung auf den Weg. Mit wankendem Knie schritt der Entledigte über die Schwelle des traurigen Kerkers, fürchtete immer, erkannt zu werden. Aber sein ehrwürdiger Rock gab ihm einen solchen Wohlgeruch von Frömmigkeit und Tugend, daß die Wächter nichts von Delinquentenschaft darunter witterten.

Klärchen saß indessen bänglich einsam in ihrem Kämmerlein, horchte auf jedes Rauschen des Windes und spähte jeden Fußtritt des Vorübergehenden. Oft dünkt' ihr, es rege sich was am Fensterladen oder es klinge der Pfortenring; sie schreckte auf mit Herzklopfen, sah durch die Luke, und es war Täuschung. Schon schüttelten die

Hähne in der Nachbarschaft die Flügel und verkündeten durch ihr Krähen den kommenden Tag; das Glöcklein im Kloster läutete zur Frühmetten, das ihr wie Totenruf und Grabesklang tönte; der Wächter stieß zum letztenmal ins Horn und weckte die schnarchenden Bäckermägde zu ihrem frühen Tagewerke. Klärchens Lämpchen fing an, dunkel zu brennen, weils ihm an Öl gebrach, ihre Unruh' mehrte sich mit jedem Augenblick und ließ sie nicht die herrliche Rose von guter Vorbedeutung[91] bemerken, die an dem glimmenden Docht brannte. Sie saß auf ihrer

Bettlade, weinte bitterlich und erseufzte: „Benedix! Benedix! Was für ein bänglicher Tag für dich und mich dämmert jetzt heran!“ Sie lief ans Fenster, ach! blutrot war der Himmel nach Hirschberg hin, und schwarze Nebelwolken schwebten wie Trauerflor und Leichentücher hin und wieder am Horizonte. Ihre Seele bebte von diesem ahndungsvollen Anblick zurück, sie sank in dumpfes Hinbrüten, und Totenstille war um sie her.

Da pochts dreimal leise an ihr Fenster, als ob sichs eignete[92]. Ein froher Schauer durchlief ihre Glieder, sie sprang auf, tat einen lauten Schrei, denn eine Stimme flüsterte durch die Luke: „Fein Liebchen, bist du wach?“ Husch, war sie an der Tür: „Ach Benedix, bist dus oder ists dein Geist?“ Wie sie aber den Bruder Graurock erblickte, sank sie zurück und starb vor Entsetzen hin. Da umschlang sie sanft sein treuer Arm, und der Kuß der Liebe, das große Mittel gegen alle hysterischen Ohnmachten, brachte sie bald wieder ins Leben.

Nachdem die stumme Szene des Erstaunens und die Ergießungen der ersten freudigen Herzensgefühle vorüber waren, erzählte ihr Benedix seine wunderbare Errettung aus dem peinlichen Kerker; doch die Zunge kleb' ihm am Gaumen vor großem Durst und Ermattung. Klärchen ging, ihm einen Trunk frisch Wasser zu holen, und nachdem er sich damit gelabt hatte, fühlt' er Hunger, aber sie hatte nichts zum Imbiß als die Panazee[93] der Liebenden, Salz und Brot, wobei sie voreilig gelobten, zufrieden und glücklich miteinander zu sein ihr Leben lang. Da gedachte Benedix an

seine Knackwurst, zog sie aus der Tasche und wunderte sich baß, daß sie schwerer war als ein Hufeisen, brach sie voneinander, siehe! da fielen eitel Goldstücke heraus, worüber Klärchen nicht wenig erschrak, meinte, das Gold sei eine schändliche Reliquie von dem Raube des Juden und Benedix sei nicht so unschuldig, als ihn der ehrsame Mann gemacht habe, der ihr im Gebirge erschienen war. Allein der truglose Geselle beteuerte höchlich, daß der fromme Ordensmann ihm diesen verborgenen Schatz vermutlich als eine Hochzeitssteuer verliehen habe, und sie glaubte seinen Worten. Drauf segneten beide mit dankbarem Herzen den edelmütigen Wohltäter, verließen ihre Vaterstadt und zogen gen Prag, wo Meister Benedix mit Klärchen, seinem Weibe, lange Jahre als ein wohlbehaltner Mann in friedlicher Ehe bei reichem Kindersegen lebte. Die Galgenscheu war so tief bei ihm eingewurzelt, daß er seinen Kunden nie etwas veruntreute und, wider Natur und Brauch seiner Zunftgenossen, auch nicht den kleinsten Abschnitt in die Hölle[94] warf.

In der frühen Morgenstunde, da Klärchen mit schauervoller Freude den Finger ihres Buhlen am Fenster vermerkte, klopfte auch in Hirschberg ein Finger an die Tür des Gefängnisses. Das war der Bruder Graurock, der, von frommem Eifer aufgeweckt, den Anbruch des Tages kaum erwarten konnte, die Bekehrung des armen Sünders zu vollenden und ihn als einen halben Heiligen dem gewaltsamen Arm des Henkers zu überantworten. Rübezahl hatte einmal die Delinquentenrolle übernommen und war entschlossen, sie zur Ehre der Justiz rein auszuspielen. Er schien wohlgefaßt zum Sterben zu sein, und der fromme Mönch freute sich darüber und erkannte diese Standhaftigkeit alsbald für die gesegnete Frucht seiner Arbeit an der Seele des armen Sünders; darum ermangelte er nicht, ihn in dieser Gemütsfassung durch seinen geistlichen Zuspruch zu erhalten, und beschloß seinen Sermon[95] mit dem tröstlichen Weidespruch: „So viel Menschen du bei deiner Ausführung erblicken wirst, die dich an die Gerichtsstätte geleiten, siehe, so viel Engel stehen schon bereit, deine Seele in Empfang zu nehmen und sie einzuführen ins schöne Paradeis." Drauf ließ er ihn der Fesseln entledigen, wollt' ihn beichten hören und dann absolvieren; doch fiel ihm ein, vorher noch die gestrige Lektion zu rekapitulieren, damit der arme Sünder unterm Galgen im geschlossenen Kreise sein Glaubensbekenntnis frei und ohne Anstoß zur Erbauung der Zuschauer hersagen möchte. Aber wie erschrak der Ordensmann, da er inne ward, daß der ungelehrige Delinquent sein Credo die Nacht über völlig ausgeschwitzt hatte! Der fromme Mönch war gänzlich der Meinung, der Satanas sei hier im Spiel und wolle dem Himmel die gewonnene Seele entreißen, darum fing er kräftig an zu exorzisieren; aber der Teufel wollte sich nicht austreiben und das Credo nicht in des Malefikanten Kopf hineinzwingen lassen.

Die Zeit war darüber verlaufen, das peinliche Gericht hielt dafür, daß es nun an der Stunde sei, den Leib zu töten, und kümmerte sich nicht weiter um den Seelenzustand seines Schlachtopfers. Ohne der Exekution länger Aufschub zu gestatten, wurde der Stab gebrochen[96], und obwohl Rübezahl als ein verstockter Sünder ausgeführt wurde, so unterwarf er sich doch allen übrigen Formalitäten der Hinrichtung ganz willig. Wie er von der Leiter gestoßen wurde, zappelte er am Strange nach Herzenslust und trieb das Spiel so arg, daß dem Henker dabei übel zumute ward; denn es erhob sich ein plötzliches Getöse im Volk, und einige schrien, man solle den Hangmann steinigen, weil er den armen Sünder über die Gebühr martere. Um also Unglück zu verhüten, streckte sich Rübezahl lang aus und stellte sich an, als sei er tot. Da sich aber das Volk verlaufen hatte und nachher einige Leute in der Gegend des Hochgerichts hin und her wandelten, aus Vorwitz hinzutraten und das Kadaver beschauen wollten, fing der Scherztreiber am Galgen sein Spiel von neuem an und erschreckte die Beschauer durch fürchterliche Grimassen. Daher lief gegen Abendzeit in der Stadt ein Gerücht um, der Gehangene könne nicht ersterben und tanze noch immer am Hochgericht, welches den Senat bewog, des Morgens in aller Frühe durch einige Deputierten die Sache genau untersuchen zu lassen. Wie sie nun dahin kamen, fanden sie nichts als ein Wischlein Stroh am Galgen, mit alten Lumpen bedeckt, als man pflegt in die Erbsen zu stellen, die genäschigen Spatzen damit zu scheuchen. Worüber sich die Herren von Hirschberg baß wunderten, ließen in aller Stille den Strohmann abnehmen und breiteten aus, der große Wind habe zur Nachtzeit den leichten Schneider vom Galgen über die Grenze gewehet.

Dritte Legende

Nicht immer war Rübezahl bei der Laune, denen, die er durch seine Neckereien in Schaden und Nachteil gebracht hatte, einen so edelmütigen Ersatz zu geben; oft machte er nur den Plagegeist aus boshafter Schadenfreude und kümmerte sich wenig darum, ob er einen Schurken oder einen Biedermann foppte. Oft gesellte er sich zu einem einsamen Wanderer als Geleitsmann, führte unvermerkt den Fremdling irre, ließ ihn an dem Absturz einer Bergzinne oder in einem Sumpfe stehen und verschwand mit höhnendem Gelächter. Zuweilen erschreckte er die furchtsamen Marktweiber durch abenteuerliche Gestalten wildfremder, schimärischer Tiere, welches Blendwerk zu dem scherzhaften Irrtum Anlaß gegeben, daß neulich unser Produktensammler, unter Büschings Firma[97], den leibhaften Rübezahl mit unter Europens Produkte aufgenommen hat; denn das Leoparden ähnliche Tier, das sich zu Zeiten im sudetischen Gebirge soll sehen lassen, von den Butterweibern Rysow genannt, ist nichts anders als ein Phantom von Rübezahl. Oft lähmt' er dem Reisigen das Roß, daß es nicht aus der Stelle konnte, zerbrach den Fuhrleuten ein Rad oder eine Achse am Wagen, ließ vor ihren Augen ein abgerissenes Felsenstück in einen Hohlweg hinabrollen, das sie mit unendlicher Mühe auf die Seite räumen mußten, um sich freie Bahn zu machen. Oft hielt eine unsichtbare Kraft einen ledigen Wagen, daß sechs rasche Pferde ihn nicht fortzuziehen vermochten, und ließ der Fuhrmann merken, daß er eine Neckerei von Rübezahl wähne, oder brach jener aus Unwillen in Invektiven[98] gegen den Berggeist aus, so hatte er ein Hornissenheer, das die Pferde wütig machte, einen Steinhagel oder eine reichhaltige Bastonade[99] von unsichtbarer Hand zu erwarten.

Mit einem alten Schäfer, der ein gerader, treuherziger Mann war, hatte er Bekanntschaft gemacht und sogar eine Art von vertraulicher Freundschaft errichtet. Er gestattete ihm, mit der Herde bis an die Hecken seiner Gärten zu treiben, welches ein anderer nicht hätte waghalsen dürfen. Der Geist hörte dem Graukopf bisweilen mit eben dem Vergnügen zu, wenn ihm dieser seinen unbedeutenden Lebenslauf erzählte, wie Hanns Hubrigs Biograph[100] die Leiden und Freuden dieses alten sächsischen Bauers verschlang, obgleich Rübezahl diese Geschichten nicht so ekelhaft wie jener wiederkäuete. Demungeachtet versahs der Alte doch einmal. Da er eines Tages nach Gewohnheit seine Herde in des Gnomen Gehege trieb, brachen einige Schafe durch die Hecken und weideten auf den Grasplätzen des Gartens; darüber ergrimmte Freund Rübezahl dergestalt, daß er alsbald ein panisches Schrecken auf die Herde fallen ließ und sie in wildem Getümmel den Berg herabscheuchte, wodurch sie größtenteils verunglückten und der Nahrungsstand des alten Schäfers in solchen Verfall kam, daß er sich darüber zu Tode grämte.

Ein Arzt aus Schmiedeberg[101], der auf dem Riesengebirge zu botanisieren pflegte, genoß gleichfalls zuweilen die Ehre, mit seiner prahlerischen Gesprächigkeit den Gnomen unbekannterweise zu unterhalten, der bald als Holzhauer, bald als ein Reisender sich zu ihm fand und den Schmiedeberger Äskulap[102] seine Wunderkuren mit Vergnügen sich vordozieren ließ. Er war zu Zeiten so gefällig, das schwere Kräuterbündel ihm ein gut Stück Weges nachzutragen und ihm manche noch unbekannten Heilkräfte derselben kundzumachen. Der Arzt, der sich in der Kräuterkunde weiser dünkte als ein Holzhauer, empfand diese Belehrung übel und sprach mit Unwillen: „Der Schuster soll bei seinem Leisten bleiben, und der Holzhauer soll den Arzt nicht lehren. Weil du aber der Kräuter und Pflanzen kundig bist, vom Ysop[103] an, der auf der Mauer wächst, bis auf die Zeder zu Libanon: so sag' mir doch, du weiser Salomon, was war eher, die Eichel oder der Eichbaum?" Der Geist antwortete: „Doch wohl der Baum, denn die Frucht kommt vom Baume." – „Narr", sprach der Arzt, „wo kam denn der erste Baum her, wenn er nicht aus dem Samen sproßte, der in der Frucht verschlossen liegt?" Der Holzhauer erwiderte: „Das ist, seh' ich, eine Meisterfrage, die mir schier zu hoch ist. Aber ich will Euch auch eine Frage vorlegen: ‚Wem gehört dieser Erdengrund zu, darauf wir stehen, dem König von Böheim oder dem Herrn vom Berge?'" So nannten die Nachbarn den Berggeist, nachdem sie waren gewitziget[104] worden, daß der Name Rübezahl im Gebirge konterband[105] war und nur Stöße und blaue Mäler einbrachte. Der Arzt bedachte sich nicht lange: „Ich vermeine, dieser Grund und Boden gehöre meinem Herrn, dem König von Böhmen, zu; denn Rübezahl ist ja nur ein Hirngespinste, ein Schemen oder Popanz, die Kinder damit fürchten zu machen." Kaum war das Wort aus seinem Munde, so verwandelte sich der Holzhauer in einen scheußlichen Riesen mit feuerfunkelnden Augen und wütiger Gebärde, schnauzte den Arzt grimmig an und sprach mit rauher Stimme:

„Hier ist Rübezahl, der dich popanzen wird, daß dir sollen die Rippen krachen.“ Erwischt' ihn darauf beim Kragen, rammte ihn gegen die Bäume und Felsenwände, riß und warf ihn hin und her, wie der Teufel den Doktor Faust weiland[106] in der Komödie tät, schlug ihm letztlich ein Aug' aus und ließ ihn für tot auf dem Platze liegen, daß sich der Arzt nachher hoch vermaß, nie wieder ins Gebirge botanisieren zu gehen.

So leicht wars, Rübezahls Freundschaft zu verscherzen; aber ebenso leicht wars auch, sie zu gewinnen. Einem Bauern in der Amtspflege Reichenberg[107] hatte ein böser Nachbar sein Hab und Gut abgerechtet, und nachdem sich die Justiz seiner letzten Kuh bemächtigt hatte, blieb ihm nichts übrig als ein abgehärmtes Weib und ein halb Dutzend Kinder, davon er gern den Gerichten die Hälfte für sein letztes Stückchen Vieh verpfändet hätte. Zwar gehörten ihm noch ein Paar rüstige, gesunde Arme, aber sie waren nicht hinreichend, sich und die Seinigen davon zu nähren. Es schnitt ihm durchs Herz, wenn die jungen Raben nach Brot schrien und er nichts hatte, ihren quälenden Hunger zu stillen. „Mit hundert Talern“, sprach er zu dem kummervollen Weibe, „wär' uns geholfen, unsern zerfallenen Haushalt wieder anzurichten und fern von dem streitsüchtigen Nachbar ein neues Eigentum zu gewinnen. Du hast reiche Vettern jenseits des Gebirges, ich will hin und ihnen unsre Not klagen; vielleicht daß sich einer erbarmet und aus gutem Herzen von seinem Überfluß uns auf Zinsen leiht, so viel wir bedürfen."

Das niedergedrückte Weib willigte mit schwacher Hoffnung eines glücklichen Erfolgs in diesen Vorschlag, weil sie keinen bessern wußte. Der Mann aber gürtete frühe seine Lenden, und indem er Weib und Kinder verließ, sprach er ihnen Trost zu: „Weinet nicht! Mein Herz sagt es mir, ich werde einen Wohltäter finden, der uns förderlicher sein wird als die vierzehn Nothelfer[108], zu welchen ich so oft vergeblich gewallfahrtet bin." Hierauf steckt' er eine harte Brotrinde zur Zehrung in die Tasche und ging davon. Müd und matt von der Hitze des Tages und dem weiten Wege, gelangt' er zur Abendzeit in dem Dorfe an, wo die reichen Vettern wohnten; aber keiner

wollt' ihn kennen, keiner wollt' ihn herbergen. Mit heißen Tränen klagt' er ihnen sein Elend; aber die hartherzigen Filze achteten nicht darauf, kränkten den armen Mann mit Vorwürfen und beleidigenden Sprichwörtern. Einer sprach: „Junges Blut, spar' dein Gut", der andere: „Hoffart kommt vor dem Fall", der dritte: „Wie dus treibst, so gehts", der vierte: „Jeder ist seines Glückes Schmied." So höhnten und spotteten sie seiner, nannten ihn einen Prasser und Faulenzer, und endlich stießen sie ihn gar zur Tür hinaus. Einer solchen Aufnahme hatte sich der arme Vetter von der reichen Sippschaft seines Weibes nicht versehen; stumm und traurig schlich er aus dem Dorfe, und weil er nichts hatte, um das Schlafgeld in der Herberge zu bezahlen, mußte er auf einem Heuschober im Felde übernachten. Hier erwartete er rastlos des zögernden Tages, um sich auf den Heimweg zu begeben.

Da er nun wieder ins Gebirge kam, übernahm ihn Harm und Bekümmernis so sehr, daß er der Verzweiflung nahe war. Zwei Tage Arbeitslohn verloren, dacht' er bei sich selber, matt und entkräftet von Gram und Hunger, ohne Trost, ohne Hoffnung! Wenn du nun heimkehrest und die sechs armen Würmer dir entgegenschmachten, ihre Hände aufheben, von dir Labsal zu begehren, und du für einen Bissen Brot ihnen einen Stein bieten mußt, Vaterherz, Vaterherz! wie kannst dus tragen! Brich entzwei, armes Herz, eh' du diesen Jammer fühlest! Hierauf warf er sich unter einen Schlehenbusch, seinen schwermütigen Gedanken weiter nachzuhangen.

Wie aber am Rande des Verderbens die Seele noch die letzten Kräfte anstrengt, ein Rettungsmittel auszukundschaften, jede Hirnfaser auf- und niederläuft, alle Winkel der Phantasie durchspähet, Schutz oder Frist für den hereinbrechenden Untergang zu suchen, gleich einem Bootsmanne, der sein Schiff sinken sieht, schnell die Strickleiter hinaufrennt, sich in den Mastkorb zu bergen, oder wenn er unterm Verdeck ist, aus der Luke springt, in der Hoffnung, ein Brett oder eine ledige Tonne zu erhaschen, um sich über Wasser zu halten: so verfiel unter tausend nichtigen Anschlägen und Einfällen der trostlose Veit auf den Gedanken, sich an den Geist des Gebirges mit seinem Anliegen zu wenden. Er hatte viel abenteuerliche Geschichten von ihm gehöret, wie er zuweilen die Reisenden gedrillt und gehudelt[109], ihnen manchen Tort[110] und Dampf angetan[111], doch auch mitunter Gutes erwiesen habe. Es war ihm nicht unbekannt, daß er sich bei seinem Spottnamen nicht ungestraft rufen lasse, dennoch wußt' er ihm auf keine andre Weise beizukommen; also wagte ers auf eine Prügelei und rief, so sehr er konnte: „Rübezahl! Rübezahl!"

Auf diesen Ruf erschien alsbald eine Gestalt gleich einem rußigen Köhler mit einem fuchsroten Barte, der bis an den Gürtel reichte, feurigen, stieren Augen, und war mit einer Schürstange bewaffnet gleich einem Weberbaum, die er mit Grimm erhob, den frechen Spötter zu erschlagen. „Mit Gunst, Herr Rübezahl," sprach Veit ganz unerschrocken, „verzeiht, wenn ich Euch nicht recht tituliere, hört mich nur an, dann tut, was Euch gefällt." Diese dreuste Rede und die kummervolle Miene des Mannes, die weder auf Mutwillen noch Vorwitz deutete, besänftigten den Zorn des Geistes in etwas: „Erdenwurm," sprach er, „was treibt dich, mich zu beunruhigen? Weißt du auch, daß du mir mit Hals und Haut für deinen Frevel büßen mußt?" – „Herr," antwortete Veit, „die Not treibt mich zu Euch, hab' eine Bitte, die Ihr mir leicht gewähren könnt. Ihr sollt mir hundert Taler leihen, ich zahl' sie Euch mit landüblichen Zinsen in drei Jahren wieder, so wahr ich ehrlich bin!" – „Tor," sprach der Geist, „bin ich ein Wucherer oder Jude, der auf Zinsen leiht? Geh hin zu deinen Menschenbrüdern und borge da, soviel dir Not tut, mich aber laß in Ruh'." – „Ach!" erwiderte Veit, „mit der Menschenbrüderschaft ists aus! Auf mein und dein gilt keine Brüderschaft." Hierauf erzählt' er ihm seine Geschichte nach der Länge und schilderte ihm sein drückendes Elend so rührend, daß ihm der Gnom seine Bitte nicht versagen konnte; und wenn der arme Tropf auch weniger Mitleid verdient hätte, so schien doch dem Geist das Unterfangen, von ihm ein Kapital zu leihen, so neu und sonderbar, daß er um des guten Zutrauens willen geneigt war, des Mannes Bitte zu gewähren. „Komm, folge mir", sprach er und führt' ihn darauf waldeinwärts in ein abgelegnes Tal zu einem schroffen Felsen, dessen Fuß ein dichter Busch bedeckte.

Nachdem sich Veit nebst seinem Begleiter mit Mühe durchs Gesträuche gearbeitet hatte, gelangten sie zum Eingang einer finstern Höhle. Dem guten Veit war nicht wohl dabei zumute, da er so im Dunkeln tappen mußte; es lief ihm ein kalter Schauer nach dem andern den Rücken herab, und seine Haare sträubten sich empor. Rübezahl hat schon manchen betrogen, dacht' er, wer weiß, was für ein Abgrund mir vor den Füßen liegt, in welchen ich beim nächsten Schritt hinabstürze; dabei hört' er ein fürchterliches Brausen als eines Tagewassers, das sich in den tiefen Schacht ergoß. Je weiter er fortschritt, je mehr engten ihm Furcht und Grausen das Herz ein. Doch bald sah er zu seinem Trost in der Ferne ein blaues Flämmchen hüpfen, das Berggewölbe erweiterte sich zu einem geräumigen Saale, das Flämmchen

brannte helle und schwebte als ein Hangeleuchter in der Mitte der Felsenhalle. Auf dem Pflaster derselben fiel ihm eine kupferne Braupfanne in die Augen, mit eitel harten Talern bis an den Rand gefüllt. Da Veit den Geldschatz erblickte, schwand alle seine Furcht dahin, und das Herz hüpft' ihm vor Freuden. „Nimm," sprach der Geist, „was du bedarfst, es sei wenig oder viel, nur stelle mir einen Schuldbrief aus, wofern du der Schreiberei kundig bist." Der Debitor[112] bejahte das und zählte sich gewissenhaft die hundert Taler zu, nicht einen mehr und keinen weniger. Der Geist schien auf das Zahlungsgeschäft gar nicht zu achten, drehte sich weg und suchte indes seine Schreibmaterialien hervor. Veit schrieb den Schuldbrief so bündig als ihm möglich war; der Gnom schloß solchen in einen eisernen Schatzkasten und sagte zum Valet: „Zieh hin, mein Freund, und nütze dein Geld mit arbeitsamer Hand. Vergiß nicht, daß du mein Schuldner bist, und merke dir den Eingang in das Tal und diese Felsenkluft genau. Sobald das dritte Jahr verflossen ist, zahlst du mir Kapital und Zins zurück; ich bin ein strenger Gläubiger, hältst du nicht ein, so fordr' ich es mit Ungestüm." Der ehrliche Veit versprach auf den Tag gute Bezahlung zu leisten, versprachs mit seiner biedern Hand, doch ohne Schwur; verpfändete nicht seine Seel' und Seligkeit, wie lose Bezahler zu tun pflegen, und schied mit dankbarem Herzen von seinem Schuldherrn in der Felsenhöhle, aus der er leicht den Ausgang fand.

Die hundert Taler wirkten bei ihm so mächtig auf Seel' und Leib, daß ihm nicht anders zumute war, da er das Tageslicht wieder erblickte, als ob er Balsam des Lebens in der Felsenkluft eingesogen habe. Freudig und gestärkt an allen Gliedern schritt er nun seiner Wohnung zu und trat in die elende Hütte, indem sich der Tag zu neigen begann. Sobald ihn die abgezehrten Kinder erblickten, schrien sie ihm einmütig entgegen:

„Brot, Vater! Einen Bissen Brot! Hast uns lange darben lassen.“ Das abgehärmte Weib saß in einem Winkel und weinte, fürchtete nach der Denkungsart der Kleinmütigen das Schlimmste und vermutete, daß der Ankömmling eine traurige Litanei anstimmen werde. Er aber bot ihr freundlich die Hand, hieß ihr Feuer anschüren auf dem Herde; denn er trug Grütze und Hirsen aus Reichenberg im Zwerchsack, davon die Hausmutter einen steifen Brei kochen mußte, daß der Löffel innen stand. Nachher gab er ihr Bericht von dem guten Erfolg seines Geschäftes. „Deine Vettern“, sprach er, „sind gar rechtliche Leute, sie haben mir nicht meine Armut vorgerückt, haben mich nicht verkannt oder mich schimpflich vor der Tür abgewiesen; sondern mich freundlich beherbergt, Herz und Hand mir eröffnet und hundert bare Taler vorschußweise auf den Tisch gezählt.“ Da fiel dem guten Weib ein schwerer Stein vom Herzen, der sie lange gedrückt hatte. „Wären wir“, sagte sie, „eher vor die rechte Schmiede gegangen, so hätten wir uns manchen Kummer ersparen können.“ Hierauf rühmte sie ihre Freundschaft, zu der sie sich vorher so wenig Gutes versehen hatte, und tat recht stolz auf die reichen Vettern.

Der Mann ließ ihr nach so vielen Drangsalen gern die Freude, die ihrer Eitelkeit so schmeichelhaft war. Da sie aber nicht aufhörte, von den reichen Vettern zu kosen, und das viele Tage so antrieb, wurde Veit des Lobposaunens der Geizdrachen satt und müde und sprach zum Weibe: „Als ich vor der rechten Schmiede war, weißt du, was mir der Meister Schmied für eine weise Lehre gab?“ Sie sprach: „Welche?“ „Jeder“, sagt’ er, „sei seines Glückes Schmied, und man müsse das Eisen schmieden, weils heiß sei; drum laß uns nun die Hände rühren und unserm Beruf fleißig obliegen, daß wir was vor uns bringen, in drei Jahren den Vorschuß nebst den Zinsen abzahlen können und aller Schuld quitt und ledig sein." Drauf kauft' er einen Acker und einen Heuschlag, dann wieder einen und noch einen, dann eine ganze Hufe; es war ein Segen in Rübezahls Gelde, als wenn ein Hecktaler[113] drunter wär'. Veit säete und erntete, wurde schon für einen wohlhabenden Mann im Dorfe gehalten, und sein Säckel vermochte noch immer ein kleines Kapital zu Erweiterung seines Eigentums. Im dritten Sommer hatt' er schon zu seiner Hufe ein Herrengut gepachtet, das ihm reichen Wucher brachte; kurz, er war ein Mann, dem alles, was er tat, zu gutem Glück gedieh.

Der Zahlungstermin kam nun heran, und Veit hatte so viel erübrigt, daß er ohne Beschwerde seine Schuld abtragen konnte; er legte das Geld zurechte, und auf den bestimmten Tag war er früh auf, weckte das Weib und alle seine Kinder, hieß sie waschen und kämmen und ihre Sonntagskleider anziehen, auch die neuen Schuhe und die scharlachenen Mieder und Brusttücher, die sie noch nicht auf den Leib gebracht hatten. Er selbst holte seinen Gottestischrock herbei und rief zum Fenster hinaus: „Hans, spann an!" „Mann, was hast du vor?" frug die Frau, „es ist heute weder Feiertag noch ein Kirchweihfest, was macht dich so guten Mutes, daß du uns ein Wohlleben bereitet hast, und wo gedenkst du uns hinzuführen?" Er antwortete: „Ich will mit euch die reichen Vettern jenseits des Gebirges heimsuchen und dem Gläubiger, der mir durch seinen Vorschub wieder aufgeholfen hat, Schuld und Zins bezahlen, denn heute ist der Zahltag." Das gefiel der Frau wohl, sie putzte sich und die Kinder stattlich heraus, und damit die reichen Vettern eine gute Meinung von ihrem

Wohlstande bekämen und sich ihrer nicht schämen dürften, band sie eine Schnur gekrümmter Dukaten um den Hals. Veit rüttelte den schweren Geldsack zusammen, nahm ihn zu sich, und da alles in Bereitschaft war, saß er auf mit Frau und Kind. Hans peitschte die vier Hengste an, und sie trabten mutig über das Brachfeld nach dem Riesengebirge zu.

Vor einem steilen Hohlwege ließ Veit den Rollwagen halten, stieg ab und hieß die andern gleiches tun, dann gebot er dem Knechte: „Hans, fahr gemachsam den Berg hinan, oben bei den drei Linden sollst du unser warten, und ob wir auch verziehen, so laß dichs nicht anfechten, laß die Pferde verschnauben und einstweils grasen, ich weiß hier einen Fußpfad, er ist etwas um, doch lustig zu wandeln!" Darauf schlug er sich in Geleitschaft des Weibes und der Kinder waldein durch dichtverwachsenes Gebüsch und spekulierte hin und her, daß die Frau meinte, ihr Mann habe sich verirrt, ermahnte ihn darum, zurückzukehren und der Landstraße zu folgen. Veit aber stund plötzlich still, versammelte seine sechs Kinder um sich her und redete also: „Du wähnst, liebes Weib, daß wir zu deiner Freundschaft ziehen, dahin steht jetzt nicht mein Sinn. Deine reichen Vettern sind Knauser und Schurken, die, als ich weiland in meiner Armut Trost und Zuflucht bei ihnen suchte, mich gefoppt, gehöhnt und mit Übermut von sich gestoßen haben. – Hier wohnt der reiche Vetter, dem wir unsern Wohlstand verdanken, der mir aufs Wort das Geld geliehen, das in meiner Hand so wohl gewuchert hat. Auf heute hat er mich herbeschieden, Zins und Kapital ihm wieder zu erstatten. Wißt ihr nun, wer unser Schuldherr ist? Der Herr vom Berge, Rübezahl genannt!" Das Weib entsetzte sich heftig über diese Rede, schlug ein großes Kreuz vor sich, und die Kinder bebten und gebärdeten sich ängstlich vor Furcht und Schrecken, daß sie der Vater zu Rübezahl führen wollte. Sie hatten viel in den Spinnstuben von ihm gehört, er sei ein scheußlicher Riese und Menschenfresser. Veit aber erzählte ihnen sein ganzes Abenteuer, wie ihm der Geist in Gestalt eines Köhlers auf sein Rufen erschienen sei und was er mit ihm verhandelt habe in der Höhle, pries seine Mildtätigkeit mit dankbarem Herzen und so inniger Rührung, daß ihm die warmen Tränen über die freundlichen, rotbraunen Backen herabträufelten. „Verzieht hier", fuhr er fort, „jetzt geh' ich in die Höhle, mein Geschäft auszurichten. Fürchtet nichts, ich werde nicht lange sein, und wenn ichs vom Gebirgsherrn erlangen kann, so bring' ich ihn zu euch. Scheuet euch nicht, eurem Wohltäter treuherzig die Hand zu schütteln, ob sie gleich schwarz und rußig ist; er tut euch nichts zuleide und freut sich seiner guten Tat und unsers Danks gewiß! Seid nur beherzt, er wird euch goldne Äpfel und Pfeffernüsse austeilen."

Ob nun gleich das bängliche Weib viel gegen die Wallfahrt in die Felsenhöhle einzuwenden hatte, und auch die Kinder jammerten und weinten, sich um den Vater herlagerten und, da er sie auf die Seite schob, ihn an den Rockfalten zurückzuziehen sich anstemmten, so riß er sich doch mit Gewalt von ihnen in den dicht verwachsenen Busch und gelangte zu dem wohlbekannten Felsen. Er fand alle Merkzeichen der Gegend wieder, die er sich wohl ins Gedächtnis geprägt hatte; die alte, halberstorbene Eiche, an deren Wurzel die Kluft sich öffnete, stund noch, wie sie vor drei Jahren gestanden hatte, doch von einer Höhle war keine Spur mehr vorhanden. Veit versuchte es auf alle Weise, sich den Eingang in den Berg zu eröffnen, er nahm einen Stein, klopfte an den Felsen, er solle, meint' er, sich auftun; er zog den schweren Geldsack hervor, klingelte mit den harten Talern und rief, so laut er nur konnte: „Geist des Gebirges, nimm hin, was dein ist"; doch der Geist ließ sich weder hören noch sehen. Also mußte sich der ehrliche Schuldner entschließen, mit seinem Säckel wieder umzukehren. Sobald ihn das Weib und die Kinder von ferne erblickten, eilten sie ihm freudenvoll entgegen; er aber war mißmutig und sehr bekümmert, daß er seine Zahlung nicht an die Behörde abliefern konnte, setzte sich zu den Seinen auf einen Rasenrain und überlegte, was nun zu tun sei. Da kam ihm sein altes Wagestück wieder ein. „Ich will", sprach er, „den Geist bei seinem Ekelnamen rufen; wenns ihn auch verdreust, mag er mich bleuen und zausen, wie er Lust hat, wenigstens hört er auf diesen Ruf gewiß." Schrie darauf aus Herzenskraft: „Rübezahl! Rübezahl!" Das angstvolle Weib bat ihn, zu schweigen, wollt' ihm den Mund zuhalten; er ließ sich nicht wehren und trieb's immer ärger. Plötzlich drängte sich jetzt der jüngste Bube an die Mutter an, schrie bänglich: „Ach, der schwarze Mann!" Getrost frug Veit: „Wo?" – „Dort lauscht er hinter jenem Baume hervor", und alle Kinder krochen in einen Haufen zusammen, bebten vor Furcht und schrien jämmerlich. Der Vater blickte hin und sah nichts; es war Täuschung, nur ein leerer Schatten, kurz, Rübezahl kam nicht zum Vorschein, und alles Rufen war umsonst.

Die Familienkarawane trat nun den Rückweg an, und Vater Veit ging ganz betrübt und schwermütig auf der breiten Landstraße vor sich hin. Da erhob sich vom Walde her ein sanftes Rauschen in den Bäumen, die schlanken Birken neigten ihre Wipfel, das bewegliche Laub der Espen zitterte, das

Brausen kam näher, und der Wind schüttelte die weit ausgestreckten Äste der Steineichen, trieb dürres Laub und Grashalme vor sich her, kräuselte auf dem Wege kleine Staubwolken empor, an welchem artigen Schauspiel die Kinder, die nicht mehr an Rübezahl dachten, sich belustigten und nach den Blättern haschten, womit der Wirbelwind spielte. Unter dem dürren Laube wurde auch ein Blatt Papier über den Weg geweht, auf welches der kleine Geisterseher Jagd machte; doch wenn er danach griff, hob es der Wind auf und führt' es weiter, daß ers nicht erlangen konnte. Drum warf er seinen Hut danach, ders endlich bedeckte; weils nun ein schöner weißer Bogen war und der ökonomische Vater jede Kleinigkeit in seinem Haushalt zu nutzen pflegte, so bracht' ihm der Knabe den Fund, um sich ein kleines Lob zu verdienen. Als dieser das zusammengerollte Papier aufschlug, um zu sehen, was es wär', fand er, daß es der Schuldbrief war, den er an den Berggeist ausgestellt hatte, von oben herein zerrissen, und unten stund geschrieben: „Zu Dank bezahlt."

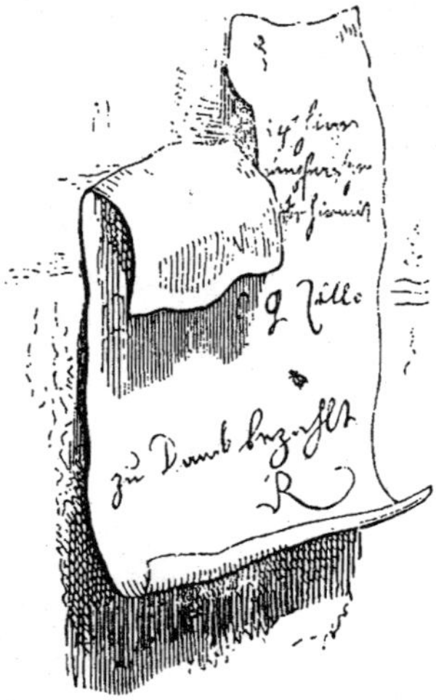

Wie das Veit inne ward, rührts ihn tief in der Seele, und er rief mit freudigem Entzücken: „Freue dich, liebes Weib, und ihr Kinder allesamt, freuet euch; er hat uns gesehen, hat unsern Dank gehört; unser guter Wohltäter, der uns unsichtbar umschwebte, weiß, daß Veit ein ehrlicher Mann ist. Ich bin meiner Zusage quitt und ledig, nun laßt uns mit frohem Herzen heimkehren." Eltern und Kinder weinten noch viele Tränen der Freude und des Dankes, bis sie wieder zu ihrem Fuhrwerk gelangten, und weil die Frau groß Verlangen trug, ihre Freundschaft heimzusuchen, um durch ihren Wohlstand die filzigen Vettern zu beschämen, denn der Bericht des Mannes hatte ihre Galle gegen die Knauser rege gemacht, so rollten sie frisch den Berg hinab, gelangten in der Abendstunde in die Dorfschaft und hielten bei dem nämlichen Bauernhof an, aus welchem Veit vor drei Jahren war herausgestoßen worden. Er pochte diesmal ganz herzhaft an und fragte nach dem Wirte. Es kam ein unbekannter Mann zum Vorschein, der gar nicht zur Freundschaft gehörte; von diesem erfuhr Veit, daß die reichen Vettern ausgewirtschaftet hatten. Der eine war gestorben, der andre verdorben, der dritte davongegangen, und ihre Stätte ward nicht mehr gefunden in der Gemeine. Veit übernachtete nebst seiner Rollwagengesellschaft bei dem gastfreien Hauswirt, der ihm und seinem Weibe das alles weitläufiger erzählte, kehrte tags darauf in seine Heimat und an seine Berufsgeschäfte zurück, nahm zu an Reichtum und Gütern und blieb ein rechtlicher, wohlbehaltner Mann sein Leben lang.

Vierte Legende

So sehr sichs auch des Gnomen Günstling hatte angelegen sein lassen, den wahren Ursprung seines Glücks zu verhehlen, um nicht ungestüme Sollizitanten[114] anzureizen, den gebirgischen Patron um ähnliche Spenden mit dreuster Zudringlichkeit zu überlaufen, so wurde die Sache doch endlich ruchbar; denn wenn das Geheimnis des Mannes der Frau zwischen den Lippen schwebt, weht es das kleinste Lüftchen fort wie eine Seifenblase vom Strohhalm. Veitens Frau vertraute es einer verschwiegenen Nachbarin, diese ihrer Gevatterin, diese ihrem Herrn Paten, dem Dorfbarbier, und der allen seinen Bartkunden; so kams im Dorfe und hernach im ganzen Kirchspiel herum. Da spitzten die verdorbenen Hauswirte, die Lungerer und Müßiggänger das Ohr, zogen scharenweise ins Gebirge, insultierten[115] den Gnomen, hoben an, ihn zu zitieren und zu beschwören; zu ihnen gesellten sich Schatzgräber und Landfahrer, die das Gebirge durchkreuzten, allenthalben einschlugen und den Schatz in der Braupfanne zu heben vermeinten. Rübezahl ließ sie eine Zeitlang ihr Wesen treiben, wie sie Lust hatten, achtete es der Mühe nicht wert, sich über die Gauche[116] zu erzürnen, trieb nur seinen Spott mit ihnen, ließ zur Nachtzeit da und dort ein blaues Flämmchen auflodern, und wenn die Laurer kamen, ihre Mützen und Hüte drauf warfen, ließ er sie manchen schweren Geldtopf ausgraben, den sie mit Freuden heimtrugen, neun Tage lang stillschweigend verwahrten, und wenn sie nun hinkamen, den Schatz zu besehen, fanden sie Stank und Unrat im Topf oder Scherben und Steine. Gleichwohl ermüdeten sie nicht, das alte Spiel wieder anzuheben und neuen Unfug zu treiben. Darüber wurde der Geist endlich unwillig, stäupte[117] das lose Gesindel durch einen kräftigen Steinhagel aus seinem Gebiet hinaus und wurde gegen alle Wanderer so barsch und grämisch, daß keiner ohne Furcht das Gebirge betrat, auch selten ohne Staupe entrann, und der Name Rübezahl wurde nicht mehr gehört im Gebirge bei Menschen Gedenken.

Eines Tages sonnete sich der Geist an der Hecke seines Gartens; da kam ein Weiblein ihres Weges daher in großer Unbefangenheit, die durch ihren sonderbaren Aufzug seine Aufmerksamkeit auf sich zog. Sie hatte ein Kind an der Brust liegen, eins trug sie auf dem Rücken, eins leitete sie an der Hand, und ein etwas größrer Knabe trug einen ledigen Korb nebst einem Rechen; denn sie wollte eine Last Laub fürs Vieh laden. Eine Mutter, dachte Rübezahl, ist doch wahrlich ein gutes Geschöpf, schleppt sich mit vier Kindern und wartet dabei ihres Berufes ohne Murren; wird sich noch mit der Bürde des Korbes belasten müssen; das heißt die Freuden der Liebe teuer bezahlen! Diese Betrachtung versetzte ihn in eine gutmütige Stimmung, die ihn geneigt machte, sich mit der Frau in Unterredung einzulassen. Sie setzte ihre Kinder auf den Rasen, streifte Laub von den Büschen; indes wurde den Kleinen die Zeit lang und sie fingen an, heftig zu schreien. Alsbald verließ die Mutter ihr Geschäfte, spielte und tändelte mit den Kindern, nahm sie auf, hüpfte mit ihnen singend und scherzend herum, wiegte sie in Schlaf und ging wieder an ihre Arbeit. Bald darauf stachen die Mücken die kleinen Schläfer, sie fingen ihre Symphonien von neuem an. Die Mutter wurde darüber nicht ungeduldig, sie lief ins Holz, pflückte Erdbeeren und Himbeeren und legte das kleinste Kind an die Brust. Diese mütterliche Behandlung gefiel dem Gnomen ungemein wohl. Allein der Schreier, der vorher auf der Mutter Rücken ritt, wollte sich durch nichts befriedigen lassen, war ein störrischer, eigensinniger Junge, der die Erdbeere, die ihm die liebreiche Mutter darreichte, von sich warf und dazu schrie, als wenn er gespießt wär'. Darüber riß ihr doch endlich die Geduld: „Rübezahl," rief sie, „komm und friß mir den Schreier." Augenblicks versichtbarte sich der Geist in der Köhlergestalt, trat zum Weibe und sprach: „Hie bin ich, was ist dein Begehr?" Die Frau geriet über diese Erscheinung in groß Schrecken; da sie aber ein frisches, herzhaftes Weib war, sammelte sie sich bald und faßte Mut. „Ich rief dich nur," sprach sie, „meine Kinder schweigen zu machen; nun sie ruhig sind, bedarf ich deiner nicht, sei bedankt für deinen guten Willen." – „Weißt du auch," gegenredete der Geist, „daß man mich hier nicht ungestraft ruft? Ich halte dich beim Wort, gib mir deinen Schreier, daß ich ihn fresse; so ein leckerer Bissen ist mir lange nicht vorgekommen." Drauf streckt' er die rußige Hand aus, den Knaben in Empfang zu nehmen.

Wie eine Gluckhenne, wenn der Weih hoch über dem Dache in den Lüften schwebt oder der schäkerhafte Spitz auf dem Hofe hetzt, mit ängstlichem Glucksen vorerst ihre Küchlein in den sichern Hühnerkorb lockt, dann ihr Gefieder emporsträubt, die Flügel ausbreitet und mit dem stärkern Feinde einen ungleichen Kampf beginnt, so fiel das Weib dem schwarzen Köhler wütig

in den Bart, ballte die kräftige Faust und rief: „Ungetüm! Das Mutterherz mußt du mir erst aus dem Leibe reißen, eh' du mir mein Kind raubest.“ Eines so mutvollen Angriffs hatte sich Rübezahl nicht versehen, er wich gleichsam schüchtern zurück, dergleichen handfeste Erfahrung in der Menschenkunde war ihm noch nie vorgekommen. Er lächelte das Weib freundlich an: „Entrüste dich nicht! Ich bin kein Menschenfresser, wie du wähnest, will dir und deinen Kindern auch kein Leids tun; aber laß mir den Knaben; der Schreier gefällt mir, will ihn halten wie einen Junker, will ihn in Sammet und Seide kleiden und einen wackern Kerl aus ihm ziehen, der Vater und Brüder einst nähren soll. Fordre hundert Schreckenberger[118], ich zahl' sie dir."

„Ha!" lachte das rasche Weib, „gefällt Euch der Junge? Ja, das ist ein Junge wie'n Daus[119], der wär' mir nicht um aller Welt Schätze feil."

„Törin!" versetzte Rübezahl, „hast du nicht noch drei Kinder, die dir Last und Überdruß machen? Mußt sie kümmerlich nähren und dich mit ihnen plagen Tag und Nacht."

Das Weib: „Wohl wahr, aber davor bin ich Mutter, muß tun, was meines Berufs ist. Kinder machen Überlast, aber auch manche Freude."

Der Geist: „Schöne Freude! Sich mit den Bälgen tagtäglich zu schleppen, sie zu gängeln, zu säubern, ihre Unart und Geschrei zu ertragen!"

Sie: „Wahrlich, Herr, Ihr kennt die Mutterfreuden wenig. Alle Arbeit und Müh' versüßt ein einziger freundlicher Anblick, das holde Lächeln und Lallen der kleinen, unschuldigen Würmer. – Seht mir nur den Goldjungen da, wie er an mir hängt, der kleine Schmeichler! Nun ist ers nicht gewesen, der geschrien hat. – Ach, hätte ich doch hundert Hände, die euch heben und tragen und für euch arbeiten könnten, ihr lieben Kleinen!"

Der Geist: „So! Hat denn dein Mann keine Hände, die arbeiten können?"

Sie: „O ja, die hat er! Er rührt sie auch, und ich fühls zuweilen."

Der Geist, aufgebracht: „Wie? Dein Mann erkühnt sich, die Hand gegen dich aufzuheben? Gegen solch ein Weib? Das Genick will ich ihm brechen, dem Mörder!"

Sie, lachend: „Da hättet Ihr traun viel Hälse zu brechen, wenn alle Männer mit dem Halse büßen sollten, die sich an der Frau vergreifen. Die Männer sind eine schlimme Nation; drum heißts: Ehstand, Wehstand; muß mich drein ergeben, warum hab' ich gefreit."

Der Geist: „Nun ja, wenn du wußtest, daß die Männer eine schlimme Nation sind, so wars auch ein dummer Streich, daß du freitest."

Sie: „Mag wohl! Aber Steffen war ein flinker Kerl, der guten Erwerb hatte, und ich eine arme Dirne ohne Heiratsgut. Da kam er zu mir und begehrte mich zur Ehe, gab mir einen Wildemannstaler auf den Kauf, und der Handel war gemacht. Nachher hat er mir den Taler wieder genommen, aber den wilden Mann hab' ich noch."

Der Geist lächelte. „Vielleicht hast du ihn wild gemacht durch deinen Starrsinn."

Sie: „O, den hat er mir schon ausgetrieben! Aber Steffen ist ein Knauser; wenn ich ihm einen Engelgroschen abfordere, so rasaunt[120] er im Hause ärger als Ihr zuzeiten im Gebirge, wirft mir meine Armut vor, und da muß ich schweigen. Wenn ich ihm eine Aussteuer zugebracht hätte, wollt' ich ihm schon den Daumen aufs Auge halten."

Der Geist: „Was treibt dein Mann für ein Gewerbe?"

Sie: „Er ist ein Glashändler, muß sich seinen Erwerb auch lassen sauer werden; schleppt der arme Tropf die schwere Bürde aus Böhmen herüber Jahr aus Jahr ein; wenn ihm nun unterwegs ein Glas zerbricht, muß ichs und die armen Kinder freilich entgelten; aber Liebesschläge tun nicht weh."

Der Geist: „Du kannst den Mann noch lieben, der dir so übel mitspielt?"

Sie: „Warum nicht lieben? Ist er nicht der Vater meiner

Kinder! Die werden alles gut machen und uns wohl lohnen, wenn sie groß sind."

Der Geist: „Leidiger Trost! Die Kinder danken auch der Eltern Müh' und Sorgen! Werden dir die Jungen den letzten Heller aus dem Schweißtuch pressen, wenn sie der Kaiser zum Heer schickt ins ferne Ungerland[121], daß die Türken sie erschlagen."

Das Weib: „Ei nun, das kümmert mich auch nicht; werden sie erschlagen, so sterben sie für den Kaiser und fürs Vaterland in ihrem Beruf; können aber auch Beute machen und der alten Eltern pflegen."

Hierauf erneuerte der Geist den Knabenhandel nochmals; doch das Weib würdigte ihn keiner Antwort, raffte das Laub in den Korb, band oben drauf den kleinen Schreier mit der Leibschnur feste, und Rübezahl wandte sich, als wollt' er fürdergehen. Weil aber die Bürde zu schwer war, daß das Weib nicht aufkommen konnte, rief sie ihn zurück: „Ich hab' Euch einmal gerufen", sprach sie, „so helft mir nun auch auf, und wenn Ihr ein übriges tun wollt, so schenkt dem Knaben, der Euch gefallen hat, ein Gutfreitagsgröschel[122] zu einem Paar Semmeln; morgen kommt der Vater heim, der wird uns Weißbrot aus Böhmen mitbringen." Der Geist antwortete: „Aufhelfen will ich dir wohl, aber gibst du mir den Knaben nicht, so soll er auch keine Spende haben." „Auch gut!" versetzte das Weib und ging ihres Weges.

Je weiter sie ging, je schwerer wurde der Korb, so daß sie unter der Last schier erlag und alle zehn Schritte verschnauben mußte. Das schien ihr nicht mit rechten Dingen zuzugehen; sie wähnte, Rübezahl hab' ihr einen Possen gespielt und eine Last Steine unter das Laub praktiziert; darum setzte sie den Korb ab auf dem nächsten Rande und stürzte ihn um. Doch es fielen eitel Laubblätter heraus und keine Steine. Also füllte sie ihn wieder zur Hälfte und raffte noch soviel Laub ins Vortuch, wie sie darein fassen konnte; doch bald war ihr die Last von neuem zu schwer, sie mußte nochmals ausleeren, welches die rüstige Frau groß wundernahm; sie hatte gar oft hochgepanste Graslasten heimgetragen und solche Mattigkeit noch nie gefühlt. Demungeachtet beschickte sie bei ihrer Heimkunft den Haushalt, warf den Ziegen und den jungen Hipplein[123] das Laub vor, gab den Kindern das Abendbrot, brachte sie in Schlaf, betete ihren Abendsegen und schlief flugs und fröhlich ein.

Die frühe Morgenröte und der wache Säugling, der mit lauter Stimme sein Frühstück heischte, weckten das geschäftige Weib zu ihrem Tagewerke aus dem gesunden Schlaf. Sie ging zuerst mit dem Melkfasse ihrer Gewohnheit nach zum Ziegenstalle. Welch schreckensvoller Anblick! Das gute, nahrhafte Haustier, die alte Ziege, lag da rohhart und steif, hatte alle viere von sich gestreckt und war verschieden; die Hipplein aber verdrehten die Augen gräßlich im Kopfe, steckten die Zunge weit von sich, und gewaltsame Zuckungen verrieten, daß sie der Tod ebenfalls schüttele. So ein Unglücksfall war der guten Frau noch nicht begegnet, seitdem sie wirtschaftete; ganz betäubt vor Schrecken sank sie auf ein Bündlein Stroh hin, hielt die Schürze vor die Augen, denn sie konnte den Jammer der Sterblinge nicht ansehen, und erseufzte tief: „Ich unglückliches Weib, was fang' ich an! Und was wird mein harter Mann beginnen, wenn er nach Hause kommt? Ach, hin ist mein ganzer Gottessegen auf dieser Welt!" – Augenblicklich strafte sie das Herz dieses Gedankens wegen. „Wenn das liebe Vieh dein ganzer Gottessegen ist auf dieser Welt, was ist denn Steffen, und was sind deine Kinder?" Sie schämte sich ihrer Übereilung; laß fahren dahin aller Welt Reichtum, dachte sie, hast du doch noch deinen Mann und deine vier Kinder. Ist doch die Milchquelle für den lieben Säugling noch nicht versiegt, und für die übrigen Kinder ist Wasser im Brunnen. Wenns auch einen Strauß[124] mit Steffen absetzt und er mich übel schlägt, was ists mehr als ein böses Ehestündlein? Hab' ich doch nichts verwahrlost. Die Ernte steht bevor, da kann ich schneiden gehen, und den Winter will ich spinnen bis in die tiefe Mitternacht; eine Ziege wird ja wohl wieder zu erwerben sein, und hab' ich die, so wirds auch nicht an Hipplein fehlen.

Indem sie das bei sich gedachte, ward sie wieder frohen Mutes, trocknete ab ihre Tränen, und wie sie die Augen aufhob, lag da vor ihren Füßen ein Blättlein, das flitterte und blinkte so hell und hochgelb wie gediegen Gold; sie hob es auf, besahs, und es war schwer wie Gold. Rasch sprang sie auf, lief damit zu ihrer Nachbarin, der Judenfrau, zeigt' ihr den Fund mit großer Freude, und die Jüdin erkannts für reines Gold, schacherts ihr ab und zählt' ihr dafür zween Dicktaler bar auf den Tisch. Vergessen war nun all ihr Herzeleid. Solchen Schatz an Barschaft hatte das arme Weib noch nicht im Besitz gehabt. Sie lief zum Bäcken, kaufte Strözel[125] und Butterkringel und eine Hammelkeule für Steffen, die sie zurichten wollte, wenn er müd und hungrig auf den Abend von der Reise käm'. Wie zappelten die Kleinen der fröhlichen Mutter entgegen, als sie hereintrat und ihnen ein so ungewohntes Frühstück austeilte. Sie überließ sich ganz der mütterlichen Freude, die hungrige Kinderschar abzufüttern; und nun war ihre erste Sorge, das ihrer Meinung nach von einer Unholdin gesterbte Vieh beiseitezuschaffen und dieses häusliche Unglück vor dem Manne so lange als möglich zu verheimlichen. Aber ihr Erstaunen ging über alles, als sie von ungefähr in den Futtertrog sah und einen ganzen Haufen goldner Blätter darin erblickte. Wenn sie der griechischen Volksmärchen kundig gewesen wär', so würde sie leicht darauf geraten haben, daß ihr liebes Hausvieh an der Indigestion des Königs Midas[126] gestorben sei. Ihr ahndete gleichwohl so etwas; darum schärfte sie geschwind das Küchenmesser, brach den Ziegenleichnam auf und fand im Magenschlunde einen Klumpen Gold, so groß als einen Paulinerapfel, und so auch nach Verhältnis in den Mägen der Zicklein.

Jetzt wußte sie ihres Reichtums kein Ende; doch mit der Besitznehmung empfand sie auch die drückenden Sorgen desselben; sie wurde unruhig, scheu, fühlte Herzklopfen, wußte nicht, ob sie den Schatz in die Lade verschließen oder in den Keller vergraben sollte, fürchtete Diebe und Schatzgräber, wollt' auch den Knauser Steffen nicht gleich alles wissen lassen, aus gerechter Besorgnis, daß er, vom Wuchergeist angetrieben, den Mammon an sich nehmen und sie dennoch nebst den Kindern darben lassen möchte. Sie sann lange, wie sies klug genug damit anstellen wollte, und fand keinen Rat.

Der Pfaff im Dorfe war der Schutzpatron aller bedrängten Weiber, der aus Gutmütigkeit oder aus Neigung dem weiblichen als dem schwächsten Werkzeug

seine gebührende Ehre gab und durchaus nicht gestattete, daß bengelhafte Ehekonsorten seine Beichttöchter mißhandelten, sondern legte den ungestümen Haustyrannen, wenn Klage einlief, schwere Bußen auf und nahm stets der Weiber Partei; auch hatte er die magische Hechtleber der Pönitenz[127] bei dem mürrischen Steffen nie geschont, zu Nutz und Frommen des guten Weibes den Asmodi[128] aus der Ehekammer damit wegzuräuchern. Sie nahm also ihre Zuflucht zu dem trostreichen Seelenpfleger, berichtete ihm unverhohlen das Abenteuer mit Rübezahl, wie er ihr zu großem Reichtum verholfen und was sie dabei für Anliegen habe, belegt' auch die Wahrheit der Sache mit dem ganzen Schatze, den sie bei sich trug. Der Pfaff kreuzte sich über das Wunderbare dieser Begebenheit mächtig, freute sich gleichwohl über das Glück des armen Weibes innig, rückte drauf sein Käpplein hin und her, für sie guten Rat zu suchen, um ohne Spuk und Aufsehen sie im ruhigen Besitz ihres Reichtums zu erhalten und auch Mittel auszufinden, daß der zähe Steffen sich desselben nicht bemächtigen könne.

Nachdem er lange simuliert[129] hatte, redet' er also: „Hör an, meine Tochter, ich weiß guten Rat für alles. Wäge mir das Gold zu, daß ichs dir getreulich aufbewahre; dann will ich einen Brief schreiben in welscher[130] Sprache, der soll dahin lauten: Dein Bruder, der vor Jahren in die Fremde ging, sei in der Venediger Dienst nach Indien geschifft und daselbst gestorben, hat all sein Gut dir im Testament vermacht mit dem Beding, daß der Pfarrer des Kirchspiels dich bevormunde, damit es dir allein und keinem andern zunutz komme. Ich begehre weder Lohn noch Dank von dir; nur gedenke, daß du der heiligen Kirche einen Dank schuldig bist für den Segen, den dir der Himmel bescheret hat, und gelob' ein reiches Meßgewand in die Sakristei.“ Dieser Rat behagte dem Weibe herrlich, sie gelobte dem Pfarrer das Meßgewand; er wog in ihrem Beisein das Gold gewissenhaft bis auf ein Quintlein aus, legt' es in den Kirchenschatz, und das Weib schied mit frohem und leichtem Herzen von ihm.

Rübezahl war nicht minder Weiberpatron als der gutmütige Parochus[131] zu Kirsdorf[132] doch mit Unterschied. Der letztere verehrte das weibliche Geschlecht überhaupt, weil, wie er sagte, die heilige Jungfrau dazu gehöre, ohne gegen einzelne Dirnen eine Vorliebe blicken zu lassen, weshalb das lästerzüngige Gerücht seinen guten Ruf hätte verdächtig machen können; jener im Gegenteil haßte das ganze Geschlecht um eines Mädchens willen, die ihn überlistet hatte, ob ihn gleich seine Launen zuweilen auf den milden Ton stimmten, ein einzelnes Weiblein in Schutz zu nehmen und ihr gefällig zu sein. So sehr die wackere Dörferin mit ihren Gesinnungen und Benehmen seine Gewogenheit erworben hatte, so ungehalten war er auf den barschen Steffen, trug groß Verlangen, das biedre Weib an ihm zu rächen, ihm einen Possen zu spielen, daß ihm angst und weh dabei würde, und ihn dadurch so kirre[133] zu machen, daß er der Frau untertan würde und sie ihm nach Wunsch den Daumen aufs Auge halten könne. Zu diesem Behuf sattelte er den raschen Morgenwind, saß auf und galoppierte über Berg und Tal, spionierte wie ein Ausreuter auf allen Landstraßen und Kreuzwegen von Böhmen her, und wo er einen Wanderer erblickte, der eine Bürde trug, war er hinter ihm her und forschte mit dem Scharfblick eines Korbbeschauers nach seiner Ladung. Zum Glück führte kein Wandrer, der diese Straße zog, Glasware, sonst hätte er für Schaden und Spott nicht sorgen dürfen, ohne einen Ersatz zu hoffen; wenn er auch gleich der Mann nicht gewesen wär', den Rübezahl suchte.

Bei diesen Anstalten konnt' ihm der schwer beladene Steffen allerdings nicht entgehen. Um Vesperzeit kam ein feiner, frischer Mann angeschritten, mit einer großen

Bürde auf dem Rücken. Unter seinem rüstigen, sicheren Tritt ertönte jedesmal die Last, die er trug. Der Laurer freute sich, sobald er ihn in der Ferne witterte, daß ihm nun seine Beute gewiß war, und rüstete sich, seinen Meisterstreich auszuführen. Der keuchende Steffen hatte beinahe das Gebirge erstiegen; nur die letzte Anhöhe war noch zu gewinnen, so gings bergab nach der Heimat zu; darum sputete er sich, den Gipfel zu erklimmen; aber der Berg war steil, und die Last war schwer. Er mußte mehr als einmal ruhen, stützte den knotigen Stab unter den Korb, um das drückende Gewicht desselben zu mindern, und trocknete den Schweiß, der ihm in großen Tropfen vor der Stirne stund. Mit Anstrengung der letzten Kräfte erreicht' er endlich die Zinne des Berges, und ein schöner, gerader Pfad führte zu dessen Abhang. Mitten am Wege lag ein abgesägter Fichtenbaum, und der Überrest des Stammes stund daneben, kerzengrade und aufrecht, oben geebnet wie ein Tischblatt. Rings umher grünte Tunkagras[134], Schwalenzagel[135] und Marienflachs[136]. Dieser Anblick war dem ermüdeten Lastträger so anlockend und zu einem Ruheplatz so bequem, daß er alsbald den schweren Korb auf den Klotz absetzte und sich gegenüber im Schatten auf das weiche Gras streckte. Hier übersann er, wieviel reinen Gewinn ihm seine Ware diesmal einbringen würde, und fand nach genauem Überschlag, daß, wenn er keinen Groschen ins Haus verwendete und die fleißige Hand seines Weibes für Nahrung und Kleidung sorgen ließ, er gerade soviel lösen würde, auf dem Markte zu Schmiedeberg sich einen Esel zu kaufen und zu befrachten. Der Gedanke, wie er in Zukunft dem Grauschimmel die Last aufbürden und gemächlich nebenher gehen würde, war ihm zu der Zeit, wo seine Schultern eben wund gedrückt waren, so herzerquikkend, daß er ihm, wie es bei frohen Idealen sehr natürlich ist, weiter nachhing. Ist einmal der Esel da, dacht'

er, so soll mir bald ein Pferd draus werden, und hab' ich nun den Rappen im Stalle, so wird sich auch ein Acker dazu finden, darauf sein Haber wächst. Aus einem Acker werden dann leicht zwei, aus zweien vier, mit der Zeit eine Hufe und endlich ein Bauerngut, und dann soll Ilse auch einen neuen Rock haben.

Er war mit seinen Projekten beinahe so weit wie Herzog Michel oder das Milchmädchen[137], da tummelte Rübezahl seinen Wirbelwind um den Holzstock herum und stürzte mit einemmal den Glaskorb herunter, daß der zerbrechliche Kram in tausend Stücken zerfiel. Das war ein Donnerschlag in Steffens Herz! Zugleich vernahm er in der Ferne ein lautes Gelächter, wenns anders nicht Täuschung war und das Echo den Laut der zerschollenen Gläser nur wieder zurückgab. Er nahms für Schadenfreude, und weil ihm der unmäßige Windstoß unnatürlich schien, auch, da er recht zusah, Klotz und Baum verschwunden war, so riet er leicht den Unglücksstifter. „Oh!" wehklagt er, „Rübezahl, du Schadenfroh, was hab' ich dir getan, daß du mein Stückchen Brot mir nimmst, meinen sauren Schweiß und Blut! Ach ich geschlagner Mann auf Lebenszeit!" Hierauf geriet er in eine Art von Wut, stieß alle erdenklichen Schmähreden gegen den Berggeist aus, um ihn zum Zorn zu reizen. „Halunke!" rief er, „komm und erwürge mich, nachdem du mir mein alles auf der Welt genommen hast!" In der Tat war ihm auch das Leben in dem Augenblick nicht mehr wert als ein zerbrochen Glas; Rübezahl ließ indessen weiter nichts von sich sehen noch hören. – Der verarmte Steffen mußte sich entschließen, wenn er nicht den ledigen Korb nach Hause tragen wollte, die Bruchstücke zusammenzulesen, um auf der Glashütte wenigstens Spitzgläser zu Anfang eines neuen Gewerbes dafür einzutauschen. Tiefsinnig wie ein Reeder, dessen Schiff der gefräßige Ozean mit Mann und Maus verschlungen hat, ging er das Gebirg hinab, schlug sich mit tausend schwermütigen Gedanken, machte zwischenein dennoch auch allerlei Spekulationen, wie er den Schaden ersetzen und seinem Handel wieder aufhelfen könne. Da fielen ihm die Ziegen ein, die seine Frau im Stalle hatte; doch sie liebte sie schier wie ihre Kinder, und im guten, wußt' er, waren sie ihr nicht abzugewinnen. Darum erdacht' er diesen Kniff, sich seines Verlustes gar nicht daheim auszutun, auch nicht bei Tage in seine Wohnung zurückzukehren, sondern um Mitternacht sich ins Haus zu stehlen, die Ziegen nach Schmiedeberg auf den Markt zu treiben und das daraus gelöste Geld zum Ankauf neuer Ware zu verwenden, bei seiner Zurückkunft aber mit dem Weibe zu hadern und sich bärbeißig zu stellen, als habe sie durch Unachtsamkeit das Vieh in seiner Abwesenheit stehlen lassen.

Mit diesem wohlersonnenen Vorhaben schlich der unglückliche Fragmentensammler nahe beim Dorfe in einen Busch und erwartete mit sehnlichem Verlangen die Mitternachtsstunde, um sich selbst zu bestehlen. Mit dem Schlag zwölfe macht' er sich auf den Diebesweg, kletterte über die niedrige Hoftür, öffnete sie von innen und schlich mit Herzpochen zum Ziegenstalle; er hatte doch Scheu und Furcht vor seinem Weibe, auf einer unrechten Tat sich erfinden zu lassen. Wider Gewohnheit war der Stall unverschlossen, welches ihn wundernahm, obs ihn gleich freute; denn er fand in dieser Fahrlässigkeit einen Schein Rechtens, sein Vornehmen damit zu beschönigen. Aber im Stalle fand er alles öd und wüste; da war nichts, was Leben und Odem[138] hatte, weder Ziege noch Böcklein. Im ersten Schrecken vermeint' er, es hab' ihm bereits ein Diebskonsorte vorgegriffen, dem das Stehlen geläufiger sei als ihm; denn Unglück kommt selten allein. Bestürzt sank er auf die Streu und überließ sich, da ihm auch der letzte Versuch, seinen Handel wieder in Gang zu bringen, mißlungen war, einer dumpfen Traurigkeit.

Seitdem die geschäftige Ilse vom Pfaffen wieder zurück war, hatte sie mit frohem Mute alles fleißig zugeschickt, ihren Mann mit einer guten Mahlzeit zu empfangen, wozu sie den geistlichen Weiberfreund auch eingeladen hatte, welcher verhieß, ein Kännlein Speisewein mitzubringen, um beim fröhlichen Gelag dem aufgemunterten Steffen von der reichen Erbschaft des Weibes Bericht zu geben und unter welcherlei Bedingungen er daran Genuß und Anteil haben solle. Sie sah gegen Abendzeit fleißig zum Fenster aus, ob Steffen käme, lief aus Ungeduld hinaus vors Dorf, blickte mit ihren schwarzen Augen gegen die Landstraße hin, war bekümmert, warum er so lange weile, und da die Nacht hereinbrach, folgten ihr bange Sorgen und Ahndungen in die Bettkammer, ohne daß sie ans Abendbrot gedachte. Lange kam ihr kein Schlaf in die ausgeweinten Augen, bis sie gegen Morgen in einen unruhigen, matten Schlummer fiel. Den armen Steffen quälten Verdruß und Langeweile im Ziegenstalle nicht minder; er war so niedergedrückt und kleinlaut, daß er sich nicht traute, an die Tür zu klopfen. Endlich kam er doch hervor, pochte ganz verzagt an und rief mit wehmütiger Stimme: „Liebes Weib, erwache und tu auf deinem Manne!“ Sobald Ilse seine Stimme vernahm, sprang sie flink vom Lager wie ein muntres Rehe, lief an die Tür und umhalste ihren Mann mit Freuden; er aber erwiderte diese herzigen Liebkosungen gar kalt und frostig, setzte seinen Korb ab und warf sich mißmutig auf die Höllbank. Wie das fröhliche Weib das Jammerbild sah, gings ihr ans Herz. „Was schadet dir, lieber Mann“, sprach sie bestürzt, „was hast du?“ Er antwortete nur durch Stöhnen und Seufzen; dennoch frug sie ihm bald die Ursach' seines Kummers ab, und weil ihm das Herz zu voll war, konnt' er sein erlittenes Unglück dem trauten Weibe nicht länger verhehlen. Da sie vernahm, daß Rübezahl den Schabernack verübt hatte, erriet sie leicht die wohltätige Absicht des Geistes und konnte sich des Lachens nicht erwehren, welches Steffen ihr bei mutiger Gemütsfassung übel würde gelohnt haben. Jetzt ahndete er den scheinbaren Leichtsinn nicht weiter und frug nur ängstlich nach dem Ziegenvieh. Das reizte noch mehr des Weibes Zwerchfell, da sie merkte, daß der Hausvogt schon allenthalben umherspioniert hatte. „Was kümmert dich mein Vieh?“ sprach sie, „hast du doch noch nicht nach den Kindern gefragt; das Vieh ist wohl aufgehoben draußen auf der Weide. Laß dich auch den Tück von Rübezahl nicht anfechten und gräme dich nicht; wer weiß, wo er oder ein anderer uns reichen Ersatz dafür gibt.“ – „Da kannst du lange warten“, sprach der Hoffnungslose. „Ei nun,“ versetzte das Weib, „unverhofft kommt oft. Sei unverzagt, Steffen, hast du gleich keine Gläser und ich keine Ziegen mehr, so haben wir doch vier gesunde Kinder und vier gesunde Arme, sie und uns zu nähren, das ist unser ganzer Reichtum.“ – „Ach, daß es Gott erbarme!“ rief der bedrängte Mann, „sind die Ziegen fort, so trag die vier Bälge nur gleich ins Wasser, nähren kann ich sie nicht.“ – „Nun, so kann ichs“, sprach Ilse.

Bei diesen Worten trat der freundliche Pfaff herein, hatte vor der Tür schon die ganze Unterredung abgelauscht, nahm das Wort, hielt Steffen eine lange Predigt über den Text, daß der Geiz eine Wurzel alles Übels sei; und nachdem er ihm das Gesetz genugsam geschärft

hatte, verkündigt' er ihm nun auch das Evangelium von der reichen Erbschaft des Weibes, zog den welschen Brief heraus und verdolmetscht' ihm daraus, daß der zeitige Parochus in Kirsdorf zum Vollstrecker des Testaments bestellt sei und die Verlassenschaft des abgeschiedenen Schwähers[139] zu sicherer Hand bereits empfangen habe.

Steffen stund da wie ein stummer Ölgötz, konnte nichts, als sich dann und wann verneigen, wenn bei Erwähnung der durchlauchten Republik Venedig der Pfaff ehrerbietig ans Käpplein griff. Nachdem er wieder zu mehrer Besonnenheit gelangt war, fiel er dem trauten Weibe herzig in die Arme und tat ihr die zwote Liebeserklärung in seinem Leben, so warm als die erste, und obwohl sie jetzt aus andern Beweggründen abstammte, so nahm sie Ilse doch für gut auf. Steffen wurde von nun an der schmeidigste, gefälligste Ehemann, ein liebevoller Vater seiner Kinder und dabei ein fleißiger, ordentlicher Wirt, denn Müßiggang war nicht seine Sache.

Der redliche Pfaff verwandelte nach und nach das Gold in klingende Münze und kaufte davon ein großes Bauerngut, worauf Steffen und Ilse wirtschafteten ihr lebelang. Den Überschuß lieh er auf Zins aus und verwaltete das Kapital seiner Kurandin[140] so gewissenhaft wie den Kirchenschatz, nahm keinen andern Lohn dafür als ein Meßgewand, das Ilse so prächtig machen ließ, daß kein Erzbischof sich desselben hätte schämen dürfen.

Die zärtliche, treue Mutter erlebte noch im Alter große Freude an ihren Kindern, und Rübezahls Günstling wurde gar ein wackrer Mann, diente im Heer des Kaisers lange Zeit unter Wallenstein im Dreißigjährigen Kriege und war ein so berühmter Parteigänger als Stalhantsch[141].

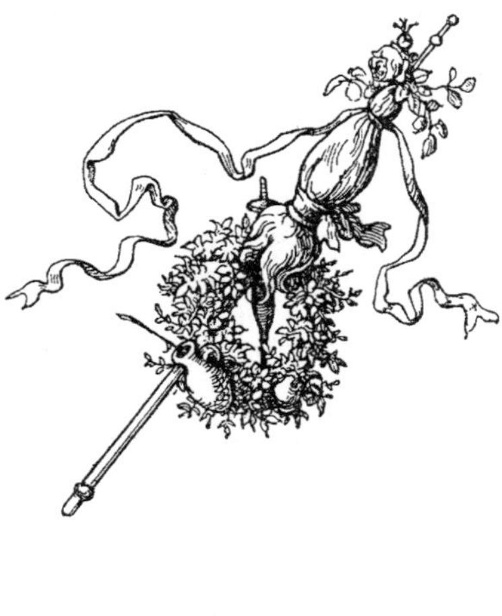

Fünfte Legende

Seitdem Mutter Ilse von dem Gnomen so herrlich war dotiert worden, ließ er lange Zeit nichts wieder von sich hören. Zwar trug sich das Volk mit allerlei Wundergeschichten, welche die Phantasie der Hausmütter in geselligen Winterabenden so lang und fein ausspann wie den Faden am Rocken; es war aber eitel Fabelei, zur Kurzweil ausgedacht. Wies immer hundert Narren und Tollhäusler gegen einen Besessenen, hundert Fanatiker gegen einen Inspirierten, hundert Träumer gegen einen Geisterseher geben soll, so gabs auch im Riesengebirge von jeher hundert lügenhafte Volkssagen vom Rübezahl gegen eine authentische Geschichte. Der Gräfin Cecilie, Voltairens Zeitgenossin[142] und Schülerin, war noch in unsern Tagen die letzte Entrevue[143] mit dem Gnomen aufbehalten, bevor er seine jüngste Hinabfahrt in die Unterwelt antrat.

Diese Dame, mit all den Gichtern und vornehmen Gebrechen beladen, welche die gallische Küche und Sitte den verzärtelten Töchtern Teuts[144] zur Ausbeute gibt, machte nebst zwei gesunden, blühenden Töchtern die Reise ins Karlsbad. Die Mutter verlangte so sehr nach der Badekur und die Fräuleins nach der Badegesellschaft, nach den Bällen, Serenaden und den übrigen Lustbarkeiten des Bades, daß sie sonder Rast Tag und Nacht reisten. Es traf sich, daß sie gerade mit Sonnenuntergang ins Riesengebirge gelangten. Es war ein schöner, warmer Sommerabend, kein Lüftchen regte sich. Der nächtliche Himmel mit funkelnden Sternen besät; die goldne Mondsichel, deren milchfarbenes Licht die schwarzen Waldschatten der hohen Fichten milderte, und die beweglichen Funken unzähliger leuchtender Insekten, die in den Gebüschen scherzten, gaben die Beleuchtung zu einer der schönsten Naturszenen, wiewohl die Reisegesellschaft wenig davon wahrnahm; denn Mama war, da es gemachsam bergan ging, von der schaukelnden Bewegung des Wagens in sanften Schlummer gewiegt worden, und die Töchter nebst der Zofe hatten sich jede in ein Eckchen gedrückt und schlummerten gleichfalls. Nur dem wachsamen Johann kam auf der hohen Warte des Kutschbockes kein Schlaf in die Augen; alle Geschichten von Rübezahl, die er vor Zeiten so inbrünstig angehört hatte, kamen ihm jetzt auf dem Tummelplatz dieser Abenteuer wieder in den Sinn, und er hätte wohl gewünscht, nie etwas davon gehört zu haben. Ach, wie sehnt' er sich nach dem sichern Breslau zurück, wohin sich nicht leicht ein Gespenste wagt! Er sah schüchtern auf alle Seiten umher und durchlief mit den Augen oft alle zweiunddreißig Regionen der Windrose in weniger als einer Minute, und wenn er etwas ansichtig wurde, das ihm bedenklich schien, lief ihm ein kalter Schauer den Rücken herunter, und die Haare stiegen ihm zu Berge. Zuweilen ließ er seine Besorgnisse den Schwager Postillon merken und forschte mit Fleiß von ihm, obs auch geheuer sei im Gebirge. Wiewohl ihm dieser nun die heile Haut durch einen kräftigen Fuhrmannsschwur verassekurierte[145], bangte ihm doch das Herz unablässig.

Nach einer langen Pause der Unterredung hielt der Postkutscher die Pferde an, murmelte etwas zwischen den Zähnen und fuhr weiter, hielt nochmals an und wechselte so verschiedentlich. Johann, der seine Augen fest geschlossen hatte, ahndete aus diesem Kutschermanöver nichts Gutes, blickte schüchtern auf und sah mit Entsetzen in der Weite

eines Steinwurfs vor dem Wagen eine pechrabenschwarze Gestalt daherwandeln, von übermenschlicher Größe, mit einem weißen, spanischen Halskragen angetan, und das bedenklichste bei der Sache war, daß der Schwarzmantel keinen Kopf hatte. Hielt der Wagen, so stund der Wandrer, und regte Wipprecht die Pferde an, so ging er auch förder. „Schwager, siehst du was?“ rief der zaghafte Tropf vom hohen Kutschbock herab mit berganstehendem Haar. „Freilich seh' ich was,“ antwortete dieser ganz kleinlaut; „aber schweig nur, daß wirs nicht irren.“ Johann waffnete sich mit allen Stoßgebetlein, die er wußte, das Benedicte[146] und Gratias[147] mit eingeschlossen, schwitzte dabei vor Angst kalten Todesschweiß. Und wie ein Blitzschauer, wenns in der Nacht wetterleuchtet und der Donner noch in der Ferne rollt, schon das ganze Haus rege macht, das sich durch die Geselligkeit vor der gefürchteten Gefahr sichern will, so suchte aus dem nämlichen Instinkt der verzagte Diener Trost und Schutz bei seiner schlummernden Herrschaft und klopfte hastig ans Fensterglas. Die erwachende

Gräfin, unwillig, daß sie aus ihrem sanften Schlummer gestört wurde, frug: „Was gibt's?" – „Ihr Gnaden, schaun Sie einmal aus," rief Johann mit zagender Stimme, „dort geht ein Mann ohne Kopf." – „Dummkopf, der du bist," antwortete die Gräfin, „was träumt deine Pöbelphantasie für Fratzen! Und wenn dem so wär'," fuhr sie scherzhaft fort, „so ist ja ein Mann ohne Kopf keine Seltenheit, es gibt deren in Breslau und außerhalb genug." Die Fräuleins konnten indessen den Witz der gnädigen Mama diesmal nicht schmecken; ihr Herz war beklommen vor Schrecken, sie schmiegten sich schüchtern an die Mutter an, bebten und jammerten: „Ach, das ist Rübezahl, der Bergmönch!" Die Dame aber, die von der Geisterwelt eine ganz andre Theorie hatte als die Töchter und an keine Geister glaubte als Schöngeister und starke Geister, strafte die Fräuleins dieser pfahlbürgerischen Vorurteile halber, bewies, daß alle Gespenster und Spukgeschichten Ausgeburten einer kranken Einbildungskraft wären, und erklärte mit H...ngscher Weisheit[148] die Geistererscheinungen samt und sonders aus natürlichen Ursachen.

Ihre Suada[149] war eben im vollen Gange, als der Schwarzmantel, der auf einige Augenblicke dem Gespenster-spüher aus den Augen geschwunden war, wieder aus dem Busch hervor an den Weg trat. Da war nun deutlich wahrzunehmen, daß Johann falsch gesehen hatte: der Wandersmann hatte allerdings einen Kopf, nur daß er ihn nicht wie gewöhnlich zwischen den Schultern, sondern wie einen Schoßhund im Arme trug. Dieses Schreckbild in der Weite von drei Schritten erregte innerhalb und außerhalb des Wagens groß Entsetzen. Die holden Fräuleins und die Zofe, welche sonst nicht gewohnt war, miteinzureden, wenn ihre junge Herrschaft das Wort führte, taten aus einem Munde einen lauten Schrei, ließen den seidenen Vorhang herabrollen, um nichts zu sehen, und verbargen ihr Angesicht wie der

Vogel Strauß, wenn er dem Jäger nicht mehr entrinnen kann. Mama schlug mit stummem Schrecken die Hände zusammen, und ihre unphilosophische Gebärdung ließ vermuten, daß sie insgeheim die Palinodie[150] ihrer zuversichtlichen Behauptungen gegen die Gespenster anstimmte. Johann, auf den der furchtbare Schwarzmantel ein besonderes Absehen gerichtet zu haben schien, erhob in der Angst seines Herzens das gewöhnliche Feldgeschrei, womit die Gespenster begrüßt zu werden pflegen: „Alle guten Geister –"; doch eh' er ausgeredet hatte, schleuderte ihm das Ungetüm den abgehauenen Kopf gegen die Stirn, daß er überzwerch[151] von der Zinne des Polsters über dem Ringnagel herabstürzte; in dem nämlichen Augenblicke lag auch der Postkutscher durch einen kräftigen Keulenschlag zu Boden gestreckt, und das Phantom keuchte aus hohler Brust in dumpfem Ton diese Worte aus: „Nimm das von Rübezahl, dem Bannwart[152] des Gebirges, daß du ihm ins Gehege fuhrst! Verfallen ist mir Schiff, Geschirr[153] und Ladung." Hierauf schwang sich das Gespenst auf den Sattel, trieb die Pferde an und fuhr bergab bergan, über Stock und Stein, daß vor dem Rasseln der Räder und dem Schnauben der Rosse von dem Angstgeschrei der Damen nichts hörbar war.

Urplötzlich vermehrte sich die Gesellschaft um eine Person; ein Reuter[154] trabte ganz unbefangen neben dem Fuhrmann vorbei und schien es gar nicht zu bemerken, daß diesem der Kopf fehle; ritt vor dem Wagen her, als wenn er dazu gedungen wär'. Dem Schwarzmantel schien diese Gesellschaft eben nicht zu behagen, er lenkte nach einer andern Direktion um; der Reuter tat dasselbe, und so oft auch jener aus dem Wege bog, so konnt' er den lästigen Geleitsmann nicht los werden, der wie zum Wagen gebannt war. Das nahm den Fuhrmann groß wunder, absonderlich, da er deutlich wahrnahm, daß der Schimmel des Reisigen einen Fuß zu wenig hatte, obgleich die dreibeinige Rosinante[155] übrigens ganz schulgerecht traversierte[156]. Dabei wurde dem schwarzen Kondukteur auf dem Sattelgaule nicht wohl zumute, und er fürchtete, seine Rübezahlsrolle dürfte bald ausgespielt sein, da der wahre Rübezahl sich ins Spiel zu mischen schien.

Nach Verlauf einiger Zeit drehte sich der Reuter so, daß er dicht neben den Fuhrmann kam, und frug ihn ganz traulich: „Landsmann ohne Kopf, wo geht die Reise hin?“ – „Wo wirds hingehen“, antwortete das Kutschergespenst mit furchtsamem Trutz, „wie Ihr seht, der Nase nach.“ – „Wohl!“ sprach der Reuter, „laß sehn, Gesell, wo du die Nase hast!“ Drauf fiel er den Pferden in die Zügel, packte den Schwarzmantel beim Leibe und warf ihn so kräftig zur Erde, daß ihm alle Glieder dröhnten; denn das Gespenst hatte Fleisch und Bein, wie sie ordentlicherweise zu haben pflegen. Behend war der Tavarro demaskiert, da kam ein wohlproportionierter Krauskopf zum Vorschein, der gestaltet war wie ein gewöhnlicher Mensch. Weil sich nun der Schalk entdeckt sah und die schwere Hand seines Gegners fürchtete, auch nicht zweifelte, der Reisige sei der leibhafte Rübezahl, den er nachzuäffen sich unterfangen hatte, ergab er sich auf Diskretion und bat flehentlich um sein Leben. „Gestrenger Gebirgherr,“ sprach er, „habt Erbarmen mit einem Unglücklichen, der die Fußtritte des Schicksals von Jugend auf erfahren hat; der nie sein durfte, was er wollte; der jederzeit aus dem Charakter mit Gewalt herausgestoßen wurde, in den er sich mit Mühe hineinstudiert hatte, und, nachdem seine Existenz unter den Menschen vernichtet ist, auch nicht einmal Gespenste sein darf.“

Diese Anrede war ein Wort, geredet zu seiner Zeit. Der Gnom war gegen seinen Rival so ergrimmt, wie weiland König Philipp gegen den Pseudo-Sebastian[157]; oder der Zar Boris gegen den Mönch Griska, der den falschen Demetrius[158] spielte, und würde nach Maßgabe der oftbelobten Hirschberger Justizpflege augenblicklich mit sträcklicher Exekution gegen den Wicht verfahren sein und ihn erdrosselt haben, wenn nicht seine Neugierde wär' rege gemacht worden, die Schicksale des Abenteurers zu vernehmen. „Sitz' auf, Gesell," sprach er, „und tu, was dir geheißen wird." Drauf zog er vorerst dem Schimmel den vierten Fuß zwischen den Rippen hervor, trat an den Schlag, öffnete solchen und wollte die Reisegesellschaft freundlich salutieren.

Aber drinnen war es still wie in einer Totengruft; der übermäßige Schrecken hatte das weibliche Nervensystem so gewaltsam erschüttert, daß alle Lebensgeister aus den äußern Werkzeugen der Empfindung hinter das Schutzgatter der Herzkammern sich geflüchtet hatten; alles, was innerhalb des Wagens Leben und Odem hatte, von der gnädigen Frau bis auf die Zofe, lag in ohnmächtigem Hinbrüten. Der Reisige wußte indessen bald Rat zu schaffen; er schöpfte aus dem vorüberrieselnden Bächlein einer frischen Bergquelle seinen Hut voll Wasser, sprengte den erstorbenen Damen davon ins Gesichte, hielt ihnen das Riechglas vor, rieb ihnen von der flüchtigen Essenz in die Schläfe und brachte sie wieder ins Leben. Sie schlugen eine nach der andern die Augen auf und erblickten einen wohlgestalten Mann von unverdächtigem Ansehen, der durch seine Dienstbeflissenheit sich bald Zutrauen erwarb. „Es tut mir leid, meine Damen", redete er sie an, „daß Sie in meinem Gerichtsbezirk von einem verlarvten Bösewicht sind insultiert worden, der ohne Zweifel die Absicht hatte, Sie zu bestehlen; aber Sie sind in Sicherheit, ich bin der Oberste von Riesenthal. Erlauben Sie, daß ich Sie zu meiner Wohnung geleite, die nicht fern ist." Diese Einladung kam der Gräfin sehr gelegen, sie nahm solche mit Freuden an; der Krauskopf bekam Befehl, fortzufahren, und gehorchte mit zagender Bereitwilligkeit. Um den

Damen Zeit zu lassen, sich von ihrem Schrecken zu erholen, gesellte sich der Kavalier wieder zum Fuhrmann, hieß ihn bald rechts bald links wenden, und dieser bemerkte ganz eigentlich, daß der Ritter zuweilen eine von den herumschwirrenden Fledermäusen zu sich berief und ihr geheime Order erteilte, welches sein Grausen noch vermehrte.

In Zeit von einer Stunde blinkte in der Ferne ein Lichtlein, daraus wurden zwei und endlich vier; es kamen vier Jäger herangesprengt mit brennenden Windlichtern, die ihren Herrn, wie sie sagten, ängstlich gesucht hatten und erfreut schienen, ihn zu finden. Die Gräfin war nun wieder in vollem Gleichgewichte, und da sie sich außer Gefahr sah, dachte sie an den ehrlichen Johann und war um sein Schicksal bekümmert. Sie eröffnete ihrem Schutzpatron dieses Anliegen, der alsbald zwei von den Jägern fortschickte, die beiden Unglückskameraden aufzusuchen und ihnen benötigten Beistand zu leisten. Bald darauf rollte der Wagen durchs düstre Burgtor in einen geraumen Vorhof hinein und hielt vor einem herrlichen Palast, der erleuchtet war; der Kavalier bot der Gräfin den Arm und führte sie in die Prachtgemächer seines Hauses in eine große Gesellschaft ein, die daselbst versammelt war. Die Fräuleins befanden sich in keiner geringen Verlegenheit, daß sie in Reisekleidern in einen so illüstren Zirkel traten, ohne vorher ihre Toilette gemacht zu haben.

Nach den ersten Höflichkeitsbezeigungen gruppierte sich die Assemblee[159] wieder in verschiedene kleine Zirkel, einige setzten sich zum Spiel, andre unterhielten sich durch Gespräche. Das Abenteuer wurde viel beredet und, wie es bei Erzählung überstandener Gefahren gewöhnlich der Fall ist, zu einer kleinen Epopöe[160] ausgebildet, in welcher Mama sich gern die Rolle der Heldin zugeteilt hätte, wenn sich das Riechfläschchen des hilfreichen Ritters hätte wegräsonieren lassen. Bald darauf

führte der aufmerksame Wirt einen Mann ein, der recht wie gerufen kam; es war ein Arzt, der nach dem Gesundheitszustande der Gräfin und ihrer schönen Töchter forschte, den Puls prüfte und mit bedeutender Miene mancherlei bedenkliche Symptome ahndete. Ob sich die Dame nach Beschaffenheit ihrer Umstände gleich so wohl befand als jemals, so machte ihr doch die angedrohte Gefahr für das Leben bange; denn aller Leibesbeschwerden ungeachtet, war ihr der gebrechliche Körper noch so lieb wie ein langgewohntes Kleid, das man nicht gern entbehrt, ob es gleich abgetragen ist. Auf Verordnung des Arztes verschluckte sie starke Dosen temperierender Pulver und Tropfen, und die gesunden Töchter mußten wider Willen und Dank dem Beispiel der besorgten Mutter gleichfalls folgen.

Allzu nachgiebige Patienten machen strenge Ärzte; der blutsüchtige Theophrast[161] bestund nun sogar auf einem Aderlasse, zog in Ermanglung seines Handlangers, des Wundarztes, die rote Binde hervor, und die Gräfin bequemte sich zu dem angerühmten Präservativ gegen alle schädlichen Wirkungen des Schreckens unweigerlich; sie würde nicht widersprochen haben, wenn seine Forderungen für die Gesundheitspflege bis zum Klistier[162] gestiegen wären. Zum Glück kam er nicht auf den Einfall, dieses heroische Mittel zu verordnen, welches die schamhaften Fräuleins zur Verzweiflung würde gebracht haben; denn nur mit Mühe vermocht' es die Überredungskunst des Arztes und die mütterliche Autorität über sie, daß sie die Furcht vor dem stählernen Zahn des Schneppers[163] überwanden und den Fuß ins Wasser setzten. Die verschleimte Lymphe der Mutter und der pupurfarbene Balsam der Gesundheit aus den Adern der Töchter rieselten nun ohne Verzug in das silberne Becken. Zuletzt kam auch die Kammerjungfer noch an den Reihen; ob sie gleich hoch beteuerte, sie sei so blutscheu, daß die kleinste Verwundung von einer Nähnadel ihr Schwindel und Ohnmachten zu erregen pflege, so kehrte sich der unerbittliche Arzt doch an kein Protestieren, entstrumpfte den Fuß des niedlichen Mädchens ohne Barmherzigkeit und bediente sie so kunstmäßig und sorgfältig wie ihre Herrschaft.

Diese chirurgische Operation war kaum vollendet, so begab man sich zur Tafel in den Speisesaal, wo ein königliches Mahl aufgetischt wurde. Die Schenktische waren bis an das Karnies[164] des Deckengewölbes mit Silberwerk aufgeputzt; es prangten da goldene und übergüldete Pokale und giganteske Willkommen[165] nebst den dazugehörigen Kredenzschalen von getriebener Arbeit. Eine herrliche Symphonie tönte aus den Nebenzimmern und flötete den leckerhaften Schmaus und die feinen Weine den Gästen lieblich hinunter. Nach dem Abhub der Schüsseln ordnete der Speisemeister das bunte Dessert, das aus Bergen und Felsen von gefärbtem Zucker und Gummi-Tragant[166] bestund. Der tändelhafte Zuckerbäckerwitz, der den Gaumen und das Auge immer leichter zu befriedigen weiß als den Verstand, hatte das ganze Abenteuer der Gräfin in kindischen Wachsfiguren, wie sie oft auf den Tafeln der Großen zu paradieren pflegen, darauf abgebildet. Die Gräfin unterließ nicht, das alles in der Stille bei sich bewundernd zu beherzigen. Sie wendete sich an ihren bebänderten Stuhlnachbar, seiner Angabe nach einen böhmischen Grafen, fragte neugierig, was für ein Galatag hier gefeiert werde, und erhielt zur Antwort, daß nichts Außerordentliches vorgehe, es sei nur eine freundschaftliche Kollation[167] guter Bekannter, die hier zufälligerweise zusammenträfen. Es nahm sie wunder, von dem wohlhabenden, gastfreien Obersten von Riesenthal weder in noch außerhalb Breslaus nie ein Wort gehört zu haben, und so emsig sie auch die genealogischen Geschlechtstafeln durchlief, davon ihr Gedächtnis einen reichen Vorrat aufbewahrte, konnte sie doch diesen Namen darunter nicht ausfindig machen. Sie gedachte das von dem Wirte selbst zu erforschen, wovon sie Aufschluß und Belehrung begehrte; aber dieser wußte ihr so geschickt auszuweichen, daß sie nie mit ihm zum Zwecke kam. Geflissentlich riß er den genealogischen Faden ab und zog die Unterredung in die luftigen Regionen des Geisterreichs hinüber; und in einer Gesellschaft, die sich auf den Ton der Vademekumsgeschichtchen[168] und Geisterseherei stimmt, wirds selten bald Feierabend, wenigstens gebrichts in diesen Fächern nie an Worthaltern und horchsamen Zuhörern.

Ein wohlgenährter Domherr wußte viel wundersame Geschichten von Rübezahl zu erzählen; man stritt für und wider die Wahrheit derselben; die Gräfin, die recht in ihrem Elemente war, wenn sie den Lehrton anstimmen und gegen Vorurteile zu Felde ziehen konnte, setzte sich an die Spitze der philosophischen Partei und trieb einen gelähmten Finanzrat, an dem nichts Gelenkes war als die Zunge und der sich zu Rübezahls rechtlichem Anwalt aufwarf, durch ihre Starkgeisterei sehr in die Enge. „Meine eigene Geschichte", fügte sie zum Beschlusse noch hinzu, „ist ein augenscheinlicher Beweis, daß alles, was man von dem berufenen Berggeiste sagt, leere Träume sind. Wenn er hier im Gebirge sein Wesen hätte und die edlen Eigenschaften besäß', die ihm Fabler und müßige Köpfe zueignen, so würde er einem Schurken nicht gestattet haben, solchen Unfug auf seine Rechnung mit uns zu treiben. Aber das armselige Unding von Geiste konnte seine Ehre nicht retten, und ohne den edelmütigen Beistand des Herrn von Riesenthal hätte der freche Bube sein Spiel mit uns so weit treiben können, wie er Lust hatte." – Der Herr vom Hause hatte an diesen philosophischen Debatten bisher wenig Anteil genommen; jetzt mischt' er sich mit ins Gespräch und nahm das Wort: „Sie haben die Geisterwelt völlig entvölkert, gnädige Frau, die ganze Schöpfung der Einbildungskraft ist durch Ihre Belehrung wie ein leichter Nebel vor unsern Augen dahingeschwunden. Sie haben auch das Nichtsein des alten Bewohners dieser Gegenden mit guten Gründen allgenugsam bewährt, und sein rechtlicher Beistand, unser Finanzrat, ist verstummt. Dennoch, dünkt mich, ließen sich gegen Ihren letzten Beweis noch einige Einwürfe machen. Wie, wenn der fabelhafte Gebirgsgeist bei Ihrer Befreiung aus der Hand des verlarvten Räubers dennoch mit im Spiel gewesen wär'? Wie, wenn dem Freund Nachbar beliebt hätte, meine Gestalt anzunehmen, um Sie unter dieser unverdächtigen Maske in Sicherheit zu bringen? Und wenn ich Ihnen sagte, daß ich von dieser Gesellschaft, als Wirt vom Hause, mich nicht einen Fußbreit entfernet habe? Daß Sie durch einen Unbekannten in

meine Wohnung sind eingeführt worden, der nicht mehr vorhanden ist? Sonach wärs doch möglich, daß der Nachbar Berggeist seine Ehre gerettet hätte, und daraus wür- de folgen, daß er nicht ganz das Unding wär', dafür Sie ihn halten."

Diese Rede brachte die Gräfin einigermaßen aus der Fassung, und die schönen Fräuleins legten vor Erstaunen die Gabel aus der Hand, sahen dem Tischwirt starr ins Angesicht, um ihm aus den Augen zu lesen, ob das im Scherz gesagt oder geernstet sei. Die nähere Erörterung dieses Problems unterbrach die Ankunft des wieder aufgefundenen Bedienten und des Postkutschers. Der letztere fühlte eben die Wonne bei Erblickung seiner vier Rappen im Stalle, die der erstere empfand, als er frohlockend ins Tafelgemach eintrat und daselbst seine Herrschaft vergnügt und wohlbehalten antraf. Triumphierend trug er das Corpus delicti, das ungeheure Riesenhaupt des Schwarzmantels, einher, durch welches er wie von einer Bombe zu Boden geschmettert worden war. Das Haupt wurde dem Arzte übergeben, daß er es als Landphysikus legal zerlege und sein Visum repertum[169] darüber ausstelle. Doch ohne sein anatomisches Messer anzusetzen, erkannt' er es alsbald für einen ausgehöhlten Kürbis, der mit Sand und Steinen angefüllt und durch den Zusatz einer hölzernen Nase und eines langen Flachsbartes zu einem grotesken Menschenantlitz aufgestutzt war.

Nach aufgehobener Tafel schied die Gesellschaft auseinander, da der Morgen bereits herandämmerte. Die Damen fanden ein köstlich zubereitetes Nachtlager in seidenen Prunkbetten, wo sie der Schlaf so geschwind überraschte, daß die Phantasie nicht Zeit hatte, ihnen die Schreckbilder der Gespenstergeschichte wieder vorzugaukeln und durch ihr gewöhnliches Schattenspiel ängstliche Träume anzuspinnen. Es war hoch am Tage, da Mama erwachte, der Zofe klingelte und die Fräuleins weckte, die gern noch einen Versuch gemacht hätten, in den weichen Dunen auch auf dem andern Ohr zu schlafen. Allein die Gräfin verlangte so sehr, die Heilkräfte des Bades aufs baldeste zu versuchen, daß sie durch keine Einladung des gastfreien Hauswirtes zu bewegen war, einen Tag zu verweilen, so gern auch die Fräuleins dem Balle beigewohnt hätten, den er ihnen zu geben verhieß. Sobald das Frühstück eingenommen war, schickten sich die Damen zur Abreise an. Gerührt durch die freundschaftliche Aufnahme, die sie in dem Schlosse des Herrn von Riesenthal genossen hatten, der auf die höflichste Art bis an die Grenzen seines Gebietes ihnen das Geleite gab, beurlaubten sie sich mit der Verheißung, auf der Rückreise wieder einzusprechen.

Kaum war der Gnom in seiner Burg angelangt, so wurde der Krauskopf ins Verhör geführt, der unter Furcht und Erwartung der Dinge, die da kommen würden, die Nacht in einem unterirdischen Kerker zugebracht hatte. „Elender Erdenwurm", redete ihn der Geist an, „was hält mich ab, daß ich dich nicht zertrete für die in meinem Eigentum mir zu Spott und Hohn verübte Gaukelei? Büßen sollst du mir mit Haut und Haar für diese Frechheit." – „Großguter Regent des Riesengebirges," fiel der Schlaukopf ihm ein, „so allprätendierend[170] Eure Gerechtsame über diesen Grund und Boden sein mögen, die ich Euch auch nicht streitig mache, so sagt mir erst, wo Eure Gesetze angeschlagen sind, die ich übertreten habe, und dann verurteilt mich." Diese Virtuosensprache und die dreuste Ausflucht, die der Gefangene seinem strengen Richter im Wege Rechtens entgegenstellte, ließen ein sonderbares Original und keinen gewöhnlichen Menschen vermuten. Darum mäßigte der Geist seinen Unwillen einigermaßen und sprach: „Meine Gesetze hat dir die Natur ins Herz geschrieben; aber damit du nicht sagen kannst, daß ich dich unverhörter Sache verurteilt habe, so rede und bekenne mir frei: wer bist du? Und was trieb dich, hier im Gebirge als ein Gespenst zu tosen?"

Es war dem Verhafteten lieb zu hören, daß er zum Worte kommen sollte, hoffte durch die getreue Erzählung seiner Schicksale sich von der verwirkten Rache des Geistes loszuschwatzen oder die Strafe doch wenigstens zu mindern.

„Weiland", fing er an, „hieß ich der arme Kunz und lebte in der Sechsstadt Lauban[171] als ein ehrlicher Beutler meiner Profession kümmerlich von meiner Hände Arbeit; denn es gibt kein Gewerbe, das kärglicher nährt als die Ehrlichkeit. Obgleich meine Beutel guten Vertrieb fanden, weil die Rede ging, das Geld druhe[172] darinnen wohl, indem ich als der siebente Sohn meines Vaters eine glückliche Hand hätte, so widerlegte sich doch dieser Glaube durch mich selbst; mein eigner Beutel blieb immer leer und ledig wie ein gewissenhafter Magen am Fasttage. Daß aber bei meinen Kunden sich das Geld in den von mir erhandelten Beuteln so wohl konservierte, lag meinem Bedünken nach weder an der glücklichen Hand des Meisters noch an der Güte der Arbeit, sondern an der Materie meiner Beutel: sie waren von Leder. Ihr sollt wissen, Herr, daß ein lederner Beutel das Geld allzeit fester hält als ein netzförmiger durchlöcherter von Seide. Wem an einem ledernen Beutel genügt,

der ist nicht leicht ein Verschwender, sondern ein Mann, der, wie das Sprichwort sagt, den Knopf auf den Beutel hält; die durchsichtigen aber von Seide und Goldzwirn befinden sich in den Händen vornehmer Prasser, und da ists kein Wunder, wenn sie an allen Orten ausrinnen wie ein durchlöchert Faß und, soviel man auch hineinschüttet, dennoch immer leer und ledig bleiben.

Mein Vater prägte seinen sieben Buben fleißig die goldne Lehre ein: ‚Kinder, was ihr tut, das treibt mit Ernst'; darum trieb ich mein Gewerbe unverdrossen, ohne daß mein Nahrungsstand dadurch gefördert wurde. Es kam Teurung, Krieg und böses Geld ins Land; meine Mitmeister dachten: leicht Geld leichte Ware; ich aber dachte: ehrlich währt am längsten, gab gute Ware für schlecht Geld, arbeitete mich an den Bettelstab, ward in den Schuldturm geworfen, aus der Innung gestoßen und, als mich meine Gläubiger nicht länger ernähren wollten, ehrlich des Landes verwiesen. Auf dieser Wanderschaft ins Elend begegnete mir einer meiner alten Kunden; ritt auf einem stolzen Roß stattlich einher, rief mich an und höhnte mich: ‚Du Pfuscher, du Lump, bist, seh' ich wohl, deiner Kunst nicht Meister, verstehst sie gar schlecht, weißt den Darm aufzublasen und ihn nicht zu füllen; machst den Topf und kannst nicht drin kochen, hast Leder und keinen Leisten dazu, machst so herrliche Beutel und hast kein Geld.' ‚Hör', Gesell,' antwortete ich dem Spötter, ‚du bist ein elender Schütze, triffst mit deinen Pfeilen nicht ans Ziel. Es sind mehr Dinge in der Welt, die zusammengehören und die man nicht beieinander findet; hat mancher einen Stall und kein Pferd hineinzuziehen; oder eine Scheuer und keine Garben auszudreschen, einen Brotschrank und kein Brot oder einen Keller und keinen Haustrunk, und so sagt auch das Sprichwort: einer hat den Beutel, der andre das Geld.' ‚Besser ist doch beides zusammen,' versetzt' er; ‚bist du gesonnen, bei mir in die Lehre zu treten, so will ich einen vollkommenen Meister aus dir machen, und weil du das Beutelmachen so wohl verstehst, will ich dich auch lehren, den Beutel zu füllen; denn ich bin ein Geldmacher meines Handwerks. Da nun beide Professionen einander in die Hände arbeiten, ists billig, daß die Kunstverwandten gemeine Sache machen.' ‚Wohl,' sprach ich, ‚seid Ihr ein zünftiger Meister in irgendeiner Münzstadt, so mags drum sein; aber münzt Ihr auf Eure eigne Rechnung, so ists halsbrechende Arbeit, die mit dem Galgen lohnt; dann scheid' ich davon.' ‚Wer nicht wagt, der nicht gewinnt,' sprach er, ‚und wer bei der Schüssel sitzt und nicht zulangt, der mag darben. Am Ende laufts auf eins hinaus, ob du erstickst oder verhungerst, einmal muß es doch gestorben sein.' ‚Nur mit Unterschied,' fiel ich ihm ein, ‚ob einer als ein ehrlicher Mann stirbt oder als ein Übeltäter.' ‚Vorurteil,' rief er, ‚was kann das für eine Übeltat sein, wenn einer ein Stück Metall rundet? Der Jud' Ephraim[173] hat dessen von dem nämlichen Schrot und Korn wie das unsere genug gerundet; was dem einen recht ist, das ist dem andern billig.'

Kurz, der Mann hatte eine Gabe zu überreden, daß ich mir seinen Vorschlag gefallen ließ. Ich fand mich bald ins Metier, war eingedenk der väterlichen Lehre, mein Geschäft mit Ernst zu treiben, und erfuhr, daß die Geldmacherkunst besser und gemächlicher nähre als die Beutlerprofession. Aber im besten Fortgange unsrer Fabrik wachte der Handwerksneid auf; der Jud' Ephraim erregte eine schwere Verfolgung gegen seinen Aftergenossen[174]; der Verräter schlief nicht, wir wurden entdeckt, und der kleine Umstand, daß wir nicht zünftig waren wie Meister Ephraim, brachte uns auf den Festungsbau, laut Urteil und Recht auf Lebenszeit.

Hier lebt' ich einige Jahre nach der Regel der büßenden Brüder, bis ein guter Engel, der damals im Lande herumzog, alle Gefangenen los und ledig zu machen, die knochenfest und rüstig waren, mir die Tür des Gefängnisses auftat. Es war ein Werbeoffizier, der mir, anstatt für den König zu karren, den edlern Beruf gab, für ihn zu fechten, und mich unter die Freipartie enrollierte[175]. Mit diesem Tausch war ich wohl zufrieden; ich nahm mir nun vor, ganz Soldat zu sein, zeichnete mich bei jeder Gelegenheit aus, war immer der erste beim Angriff, und wenn wir retirierten[176], war ich so gewandt, daß mich der Feind nie einholen konnte. Das Glück wollte mir wohl, schon führt' ich eine Rotte Reuter an und hoffte, bald höher zu steigen. Da wurd' ich einstmals auf Furagierung[177] ausgeschickt und befolgte meine Order so streng und pünktlich, daß ich nicht nur Speicher und Scheuern, sondern auch Kisten und Kasten in Häusern und Kirchen rein ausfuragierte. Zum Unglück wars in Freundes Land, das gab großen Lärm; gehässige Leute nannten die Expedition eine Plünderung, man machte mir als Marodeur[178] den Prozeß, ich wurde degradiert und durch eine Gasse von fünfhundert Mann eilends aus dem ehrsamen Stande herausgestäupt, in welchem ich gedachte, Fortüne zu machen.

Jetzt wußt' ich keinen andern Rat, als wieder zu meiner ersten Profession zu greifen, aber es fehlte mir an Barschaft, Leder einzukaufen, und an Lust, zu arbeiten. Weil ich nun wegen des allzuwohlfeilen Verkaufs ein unstreitiges Recht auf meine ehemalige Ware zu haben vermeinte, so faßt' ich den Anschlag, mich derselben mit guter Art wieder zu bemächtigen und, ob sie schon durch langen Gebrauch abgenutzt wär', mich dennoch meines Schadens in etwas dadurch zu erholen. Darum fing ich an, die Taschen zu sondieren, und hielt jeden Beutel, den ich witterte, für einen von meiner Arbeit, machte Jagd darauf, und alle, deren ich mich bemächtigen konnte, kondemniert'[179] ich alsbald als gute Prisen[180]. Bei dieser Gelegenheit hatte ich die Freude, einen guten Teil meiner eignen Münze wieder einzukassieren; denn ob sie gleich verrufen war, so kursierte sie doch nach wie vor in Handel und Wandel. Dies Gewerbe ging eine Zeitlang wohl vonstatten; ich besuchte unter mancherlei Gestalten, bald als Kavalier, bald als Handelsmann oder Jude Messen und Märkte, hatte mich so gut in mein Fach einstudiert, meine Hand war so geübt und behend, daß sie nie einen Fehlgriff tat und mich reichlich nährte. Diese Lebensart behagte mir trefflich, daß ich beschloß, dabei zu verharren; doch der Eigensinn meines Geschicks gestattete mir nie, das zu

sein, was ich wollte. Ich bezog den Jahrmarkt zu Liegnitz[181] und hatte da den Beutel eines reichen Pächters aufs Korn genommen, der von Gelde strotzte wie der Bauch seines Besitzers von Schmer. Durch die Unbehilflichkeit des schweren Säckels mißriet der Kunstgriff meiner Hand, ich wurde auf der Tat ergriffen und unter der gehässigen Anlage als ein Beutelschneider vor Gericht gestellt, ob ich schon diesen Namen nicht in einer unehrlichen Bedeutung verdiente. Ich hatte zwar ehedem Beutel genug zugeschnitten; aber nie hatte ich einem Menschen den Geldbeutel abgeschnitten, wie man mich doch beschuldigte, sondern alle, die ich erbeutet hatte, waren mir gleichsam freiwillig in die Hand gelaufen, als wenn sie zu ihrem ersten Eigentümer zurückkehren wollten. Diese Ausreden halfen zu nichts, ich wurde in den Stock gelegt, und mein Unstern wollte, daß ich abermals nach Urteil und Recht aus meinem Nahrungsstande herausgestäupt werden sollte. Diesem lästigen Zeremoniell kam ich zuvor, ersah meine Gelegenheit und strich mich in der Stille aus dem Gefängnis.

Ich war unentschlossen, was ich nun anheben und treiben sollte, um nicht zu hungern; auch der Versuch, ein Bettler zu werden, mißriet. Die Polizei in Großglogau nahm mich in Anspruch, wollte mich wider Willen und Dank verpflegen und mit Gewalt in einen Beruf hineinzwängen, der mir widerstund. Mit Müh' und Not entkam ich dieser strengen Gerichtsbarkeit, die sich herausnimmt, die ganze Welt zu bevormunden; denn mein Grundsatz ist von jeher gewesen: mit der Polizei unbeworren. Ich mied darum die Städte und trieb mich als ein peregrinierender[182] Weltbürger auf dem Lande herum. Hier traf sichs, daß die Gräfin gerade durch den Flecken reiste, wo ich meinen Aufenthalt hatte, es war etwas an ihrem Wagen zerbrochen, das wieder ausgebessert werden mußte, und unter mehreren müßigen Leuten, welche die Neugier trieb, nach der fremden Herrschaft zu gaffen, trat ich auch mit unter den Haufen und machte Bekanntschaft mit dem schäfernen Bedienten, der mir in der Einfalt seines Herzens anvertraute, daß ihm vor Euch, Herr Rübezahl, gewaltig bange sei, weil wegen des Verzugs die Reise nun in der Nacht durchs Gebirge gehen würde. Das brachte mich auf den Einfall, die Zaghaftigkeit der Reisegesellschaft zu nutzen und in der Geisterwelt meine Talente zu versuchen. Ich schlich mich seitab in die Wohnung meines Patrons und Pflegers, des Dorfküsters, der eben abwesend war, bemächtigte mich seiner Amtskleidung, eines schwarzen Mantels, zugleich fiel mir ein Kürbis ins Gesicht, der zum Aufputz des Kleiderschrankes diente. Mit dieser Zurüstung und einem handfesten Bleuel versehen begab ich mich in den Wald und staffierte da meine Maske aus. Welchen Gebrauch ich davon gemacht habe, ist Euch genugsam bekannt, und daß ich ohne Eure Dazwischenkunft meinen Meisterstreich glücklich ausgeführt hätte, ist außer Zweifel, mein Spiel war bereits gewonnen. Nachdem ich mich der beiden feigen Kerle entledigt hatte, war meine Absicht, den Wagen tief in den Wald hineinzuführen und, ohne den Damen das geringste zuleide zu tun, nur einen kleinen Trödelmarkt zu eröffnen und den schwarzen Mantel, der in Absicht seiner mir geleisteten Dienste von keinem geringen Wert war, gegen ihre Barschaft und Geschmeide zu vertauschen, ihnen eine glückliche Reise anzuwünschen und mich bestens zu empfehlen.

Aufrichtig gesprochen, Herr, von Euch fürchtete ich am wenigsten, daß Ihr mir den Markt verderben würdet. Die Welt ist so ungläubig, daß man nicht einmal die Kinder mit Euch mehr zu fürchten machen kann, und wenn nicht etwan noch hie und da ein Tropf, wie der Bediente der Gräfin, oder ein Weib hinter dem Rocken Eurer zuweilen erwähnte, so hätte Euch die Welt längst vergessen. Ich gedachte, wer Rübezahl sein wollte, der dürft' es; bin nun freilich eines andern belehrt und befinde mich in Eurer Gewalt, hab' mich auf Gnad' und Ungnad' ergeben und hoffe, daß meine offenherzige Erzählung Euren Unwillen mildern werde. Euch wärs ein Kleines, einen ehrlichen Kerl aus mir zu machen. Wenn Ihr mich, mit einem guten Zehrpfennig aus Eurer Braupfanne begabt, entließet oder mir so wie jenem hungrigen Passagier ein Schock Heckschlehen von Eurem Zaune pflücktet, der sich auf Eurem Obst zwar einen Zahn ausbiß, aber die Schlehen hernach in eitel goldne Knöpfe verwandelt fand, oder wenn Ihr von den acht goldnen Kegeln, die Euch noch übrig sind, mir einen verehrtet, davon Ihr den neunten weiland einem Prager Studenten schenktet, der mit Euch bosselte[183], oder den Milchkrug, dessen geronnene Milch sich in Goldkäse verwandelte, oder, wenn ich straffällig bin, mich so wie jenen wandernden Schuster schulmeisterhaft mit der goldnen Rute strichet und mir solche hernach zum Andenken verehrtet, wie die Handwerker auf ihren Gelagen und Herbergen von Euch zu erzählen wissen: so wär' mein Glück mit einemmal gemacht. Wahrlich, Herr! Wenn Ihr die Bedürfnisse der Menschen fühltet, so würdet Ihr ermessen, daß es schwer hält, ein Biedermann zu sein, wenn man an allem Mangel leidet; denn wenn man zum Exempel Hunger fühlt und keinen Scherf[184] im Beutel hat, so ist es eine Heldentugend, eine Semmel nicht zu stehlen von dem Brotvorrat, den ein reicher Bäckerkrösus auf seinem Laden zur Schau ausgestellt hat. Das Sprichwort sagt: Not hat kein Gebot."

„Geh, Schurke," sprach der Gnome, nachdem der Krauskopf ausgeredet hatte, „so weit dich deine Füße tragen und ersteige den Gipfel deines Glückes am Galgen!" Hierauf verabschiedete er seinen Arrestanten mit einem kräftigen Fußtritte, und dieser war froh, daß er mit so gelinder Strafe abkam, und pries seine Suada, die seiner Meinung nach ihn diesmal aus einer sehr kritischen Lage gezogen hatte. Er sputete sich fleißigst, dem gestrengen Gebirgsherrn aus den Augen zu kommen, und ließ aus Eilfertigkeit den schwarzen Mantel zurück. So sehr er aber eilte, so schien es doch nicht, als wenn er aus der Stelle käm', er sah immer die nämlichen Gegenden und Berge vor sich, ob er gleich die Burg, in welcher er ein Gefangener gewesen war, aus dem Gesichte verloren hatte. Abgemattet von diesem endlosen Kreislauf, streckte er sich unter einem Baum im Schatten, ein wenig auszuruhen und auf irgendeinen Wandrer zu lauern, der ihm zum Wegweiser dienen könnte. Darüber fiel er in einen festen Schlaf, und als er erwachte, war um ihn her dicke Finsternis; er wußte gar wohl, daß er unter einem Baume eingeschlafen war, gleichwohl hörte er kein Säuseln des Windes in den Ästen, sah auch keinen Stern durch das Laub schimmern noch die geringste Nachthellung. Im ersten Schrekken wollt' er aufspringen, da hielt ihn eine unbekannte Kraft zurück, und die Bewegung, die er machte, gab ein lautes, widerhallendes Geräusch wie das Geklirr von Ketten; nun wurd' er gewahr, daß er in Fesseln lag, und vermeinte, viel hundert Lachter unter der Erde wieder in Rübezahls Gehorsam zu sein, worüber ihm große Furcht und Entsetzen ankam.

Nach einigen Stunden begann es um ihn her zu tagen, doch fiel das Licht nur kärglich durch das eiserne Gitter eines kleinen Fensters zwischen den Mauern herein. Ohne zu wissen, wo er sich eigentlich befand, kam ihm der Kerker doch nicht ganz fremd vor; er hoffte auf den Gefangenwärter, wiewohl vergebens. Es verlief eine lange Stunde nach der andern, Hunger und Durst peinigten den Verhafteten, er fing an, Lärm zu machen, rasselte mit den Ketten, pochte an die Wand, rief ängstlich um Hilfe und vernahm Menschenstimmen in der Nähe; aber niemand wollte die Tür des Gefängnisses auftun. Endlich waffnete sich der Kerkermeister

mit einem Gespenstersegen, öffnete die Tür, schlug ein großes Kreuz vor sich und fing an, den Teufel zu exorzisieren, der seiner Einbildung nach in dem ledigen Kerker tobte. Doch da er die Spukerei näher betrachtete, erkannt' er seinen entwichenen Gefangenen. Und der Beutelschneider erkannte Kunz, den Kerkermeister in Liegnitz, und wurd' inne, daß ihn Rübezahl wieder ad locum unde[185] zurückspediert hatte. „Sieh da, Krauskopf!" redete ihn der Gerichtsfron an, „bist du wieder in deinen Käfig gehüpft? Woher des Landes?" – „Immer da zum Tor herein," antwortete Kunz, „bin des Herumlaufens müde, hab' mich, wie Ihr seht, in Ruhe gesetzt und mein alt Quartier wieder aufgesucht, so Ihr mich herbergen wollt." Obgleich niemand begreifen konnte, wie der Gefangene wieder in den Turm gekommen sei und wer ihm die Fesseln angelegt habe, so behauptete Kunz, der sein Abenteuer nicht wollte kundwerden lassen, dennoch dreuste, er habe sich freiwillig wieder eingefunden, ihm sei die Gabe verliehen, nach Gefallen durch verschloßne Türen aus- und einzugehen, die Fesseln anzulegen und sich derselben, wenn er wolle, wieder zu entledigen; denn ihm sei kein Schloß zu feste. Durch diesen scheinbaren Gehorsam bewogen, verschonten ihn die Richter mit der verwirkten Strafe und legten ihm nur auf, so lange für den König zu karren, bis er sich nach Gefallen der Fesseln entledigen würde. Man hat aber nicht vernommen, daß er von dieser Verwilligung jemals Gebrauch gemacht hätte.

Die Gräfin Cäcilie war indessen mit ihrer Begleitung glücklich und wohlbehalten in Karlsbad angelangt. Das erste, was sie tat, war, den Badearzt zu sich zu berufen und ihn, wie gewöhnlich, über ihren Gesundheitszustand und die Einrichtung der Kur zu konsultieren. Trat herein der weiland hochberühmte Arzt, Doktor Springsfeld aus Merseburg, der die güldene Quelle des Karlsbades nicht mit dem paradiesischen Fluß Pison[186] würde vertauscht haben. „Seien Sie uns willkommen! lieber Doktor“, riefen Mama und die holden Fräuleins ihm traulich und freudig entgegen. „Sie sind uns zuvorgekommen,“ fügte erstere hinzu, „wir vermuteten Sie noch bei dem Herrn von Riesenthal; aber loser Mann, warum haben Sie uns dort verschwiegen, daß Sie der Badearzt sind?“ – „Ach, Herr Doktor,“ fiel Fräulein Hedwig ein, „Sie haben mir die Ader durchgeschlagen, der Fuß schmerzt mich, ich werde hier nur hinken und nicht walzen können.“ Der Arzt stutzte, sann lange hin und her und erinnerte sich nicht, die Damen irgendwo gesehen zu haben. „Ihre Gnaden verwechseln ohne Zweifel mich mit einem andern,“ sprach er, „ich habe vordem nicht die Ehre gehabt, Ihnen persönlich bekannt zu sein; der Herr von Riesenthal gehört auch nicht zu meiner Bekanntschaft, und während der Kurzeit pflege ich mich nie von hier zu entfernen.“ Die Gräfin konnte keinen andern Grund von diesem strengen Inkognito, das der Arzt so ernsthaft behauptete, sich angeben, als daß er, ganz gegen die Denkungsart seiner Kollegen, für seine geleisteten Dienste nicht wollte belohnt sein. Sie erwiderte lächelnd: „Ich verstehe Sie, lieber Doktor; Ihre Delikatesse geht aber zu weit, sie soll mich nicht abhalten, mich für Ihre Schuldnerin zu bekennen und für Ihren guten Beistand dankbar zu sein.“ Sie nötigte ihm darauf eine goldne Dose mit Gewalt auf, die der Arzt jedoch nur als Vorausbezahlung annahm und, um die Dame als eine gute Kunde nicht unwillig zu machen, ihr nicht weiter widersprach. Er erklärte sich übrigens das Rätsel ganz leicht durch die medizinische Hypothese, daß die ganze gräfliche Familie von einer Art Kribbelkrankheit befallen sei, wobei seltsame und unbegreifliche Wirkungen der Imagination nichts Ungewöhnliches sind, und verordnete viel gelinde Abführungen.

Doktor Springsfeld war keiner der unbehilflichen Ärzte, die außer der Gabe, ihre Pillen und Latwergen[187] anzupreisen, keine andere besitzen, sich ihren Patienten lieb und angenehm zu machen; er wußte seine Kunden mit artigen Geschichtchen, Stadtneuigkeiten und kleinen Anekdoten wohl zu unterhalten und ihre Lebensgeister dadurch aufzumuntern. Da er vom Besuch der Gräfin seine medizinische Ronde ging, gab er die sonderbare Entrevue mit der neuen Kundschaft in jedem Besuchszimmer zum besten, ließ bei der oftmaligen Wiederholung die Sache unvermerkt wachsen und kündigte die Dame bald als eine Kranke, bald als Schweberin oder Seherin an. Man war begierig, eine so außerordentliche Bekanntschaft zu machen, und die Gräfin Cäcilie wurde im Karlsbad das Märchen des Tages. Alles drängte sich in der Assemblee zu ihr, da sie mit ihren schönen Töchtern zum erstenmal erschien. Es war ihr und den Fräuleins ein höchst über-

raschender Anblick, die ganze Gesellschaft hier anzutreffen, in welche sie vor einigen Tagen in dem Schlosse des Herrn von Riesenthal waren eingeführt worden. Der bebänderte Graf, der wohlbebauchte Domherr, der gelähmte Finanzrat fielen ihnen gleich zuerst in die Augen. Sie waren des steifen Zeremoniells überhoben, gegen Unbekannte sich zu beknicksen; es war für sie kein fremdes Gesichte im Saale. Mit freimütiger Unbefangenheit wendete sich die gesprächige Dame bald zu dem, bald zu jenem von der Gesellschaft, nannte jeden bei seinem Namen und Charakter, sprach viel vom Herrn von Riesenthal, bezog sich auf die bei diesem gastfreien Manne mit ihnen allerseits gepflogenen Unterredungen und wußte sich nicht zu erklären, wohin das fremde und kalte Betragen aller der Herren und Damen deuten sollte, die vor kurzem soviel Freundschaft und Vertraulichkeit gegen sie geäußert hatten. Natürlich geriet sie auf den Wahn, das sei eine abgeredete Sache und der Herr von Riesenthal würde der Schäkerei dadurch ein Ende machen, daß er unvermutet selbst zum Vorschein käm'. Sie wollte ihm gleichwohl nicht den Triumph gönnen, über ihren Scharfsinn gesiegt zu haben, und gab dem bekrückten Finanzrat scherzweise den Auftrag, seine vier Füße in Bewegung zu setzen und den Obersten aus dem verborgenen Hinterhalt hervorzurufen und zu introduzieren.

Alle diese Reden bewiesen nach der Meinung der Badegesellschaft so sehr eine überspannte Phantasie, daß sie samt und sonders die Gräfin bemitleideten, die nach dem Urteil aller Anwesenden eine sehr vernünftige Frau schien und in ihren Reden und dem Gange der Gedanken nichts Ausschweifendes verriet, wenn ihre Phantasie nicht den Weg über das Riesengebirge nahm. Die Gräfin ihrerseits erriet aus den bedeutsamen Gesichtszügen, Winken und Blicken der um sie her versammelten Aristarchen, daß man sie schief beurteile und daß man wähne, ihre Krankheit habe sich aus den Gliedern ins Hirn versetzt. Sie glaubte, die beste Widerlegung dieses kränkenden Vorurteils sei die aufrichtige Erzählung ihres Abenteuers auf der schlesischen Grenze. Man hörte sie mit der Aufmerksamkeit, mit der man ein Märchen anhört, das auf einige Augenblicke angenehm unterhält, davon man aber kein Wort glaubt. Sie hatte das Schicksal der Seherin Kassandra[188], welcher Apoll die Gabe der Wahrsagung verliehen, aber den Aussprüchen seiner spröden Priesterin aus Verdruß über ihre wenige Gefälligkeit die Glaubwürdigkeit entzogen hatte. „Wunderbar!“ riefen alle Zuhörer aus einem Munde und sahen bedeutsam den Doktor Springsfeld an, der verstohlen die Achsel zuckte und sich gelobte, die Patientin nicht eher seiner Pflege zu entlassen, bis das mineralische Wasser das abenteuerliche Riesengebirge aus ihrer Phantasie rein würde weggespült haben. Das Bad leistete indessen alles, was der Arzt und die Kranke davon erwartet hatten. Da die Gräfin sah, daß ihre Geschichte bei dem Karlsbader Israel[189] wenig Glauben fand und sogar ihren gesunden Menschenverstand verdächtig machte, redete sie nicht mehr davon, und Doktor Springsfeld unterließ nicht, dieses Schweigen den Heilkräften des Bades zuzuschreiben, das doch auf eine ganz andere Art gewirkt und die Gräfin aller Gicht- und Gliederschmerzen entledigt hatte.

Nachdem die Badekur beendigt war, die schönen Fräuleins sich genug hatten begaffen und bewundern lassen, den lieblichen Weihrauch der Schmeichelei von den süßen Herren reichlich eingeatmet und sich satt und müde gewalzt hatten, kehrten Mutter und Töchter nach Breslau zurück. Sie nahmen mit gutem Vorbedacht den Weg wieder durchs Riesengebirge, um dem gastfreien Obersten Wort zu halten, bei der Rückreise bei ihm vorzusprechen; denn von ihm hoffte die Gräfin Auflösung des ihr unbegreiflichen Rätsels, wie sie zur Bekanntschaft der

Badegesellschaft gelangt sei, die sich so wildfremd gegen sie gebärdete, und wodurch das seltsame Alibi wär' veranlaßt worden, das sich nicht bunter träumen ließ. Aber niemand wußte den Weg nach dem Schlosse des Herrn von Riesenthal nachzuweisen, noch war der Besitzer zu erfragen, dessen Name sogar weder diesseits noch jenseits des Gebirges bekannt war. Dadurch wurde die verwunderte Dame endlich überzeugt, daß der Unbekannte, der sie in Schutz genommen und beherbergt hatte, kein andrer gewesen sei als Rübezahl, der Berggeist. Sie gestund, daß er das Gastrecht auf eine edelmütige Art an ihr ausgeübt hätte, verzieh ihm seine Neckerei mit der Badegesellschaft und glaubte nun von ganzem Herzen an die Existenz der Geister; ob sie gleich um der Spötter willen Bedenken trug, ihren Glauben vor der Welt offenbar werden zu lassen.

Seit der Vision der Gräfin Cäcilie hat Rübezahl nichts mehr von sich hören lassen. Er kehrte in seine unterirdischen Staaten zurück, und da bald nach dieser Begebenheit der große Erdbrand ausbrach, der Lissabon[190] und nachher Guatemala[191] zerstörte, seitdem immer weiter fortgewütet und sich neuerlich bis an die Grundfeste des deutschen Vaterlandes verbreitet hat, so fanden die Erdgeister so viel Arbeit in der Tiefe, den Fortgang der Feuerströme zu hemmen, daß sich seitdem keiner mehr auf der Oberfläche der Erde hat blicken lassen. Denn daß die Weissagung des Buches Chevila nicht in Erfüllung gegangen und der berüchtigte Seher zu Zellerfeld[192] ein Lügenprophet worden ist, daß die Länder am Rhein und Neckarstrom auf ihrer alten Erdscholle noch so grund- und bodenfeste stehen als der Brocken und das Riesengebirge und daß die Herren von Hirschberg noch keine Flotte in See stechen lassen und an dem amerikanischen Seekrieg Anteil genommen haben: das ist das Werk der wachsamen Gnomen und ihrer unermüdlichen Arbeit.

Vom Herrn und Gebieter des Riesengebirges

Kleiner literarischer Streifzug
durch die Jahrhunderte

Rübezahl (oder wie immer er wirklich heißt) ist eine der bekanntesten Sagengestalten der deutschen Volksüberlieferung, und dies nicht nur in seiner engeren Heimat, dem Riesengebirge zu beiden Seiten der böhmisch-schlesischen Grenze, sondern im gesamten deutschen Sprachraum. Auch bei den Tschechen ist er bekannt, weniger bei den Polen. Sein Charakter ist vielschichtig. In manchen Geschichten tritt er als Wetterherr auf, in manchen als Hüter unterirdischer Schätze, als Zwergenkönig, als Schabernack treibender Kobold, als Wohltäter ebenso wie als zürnender Anwalt von Recht und Gerechtigkeit, was ja nicht dasselbe ist.

Über seinen Namen ist viel gerätselt worden. Heute scheint festzustehen, daß er soviel wie „geschwänzter Unhold" bedeutet. Er hört diesen Spottnamen gar nicht gern. Weit lieber ist ihm die Anrede „Dominus Johannes", am liebsten die Formel „Herr und Gebieter des Riesengebirges".

Sein ältestes Konterfei findet sich, eher beiläufig, auf einer Landkarte des Martin Helwig vom Jahre 1561. Dort ist er als bocksfüßiger Waldteufel abgebildet. In Schlesien hat er schon früh literarische Erwähnung gefunden, etwa bei Martin Opitz oder bei Doctor Caspar Schwenckfeld in dessen „Hirschbergischen Warmen Bades Beschreibung" von 1607. Der aus Schweidnitz stammende Rektor und Pastor Magister Christopherus Irenäus tut seiner als „Rubezal" 1566 in einem gelehrten Werk namens „Wasserspiegel" Erwähnung. Auf böhmischer Seite kommt er bei dem Ratsschreiber Simon Hüttel von Trautenau erstmals in dessen Chronik von 1576 vor, und zwar im Zusammenhang mit dem Bergbau, der dazumal im Gebirge betrieben wurde, vorwiegend von Tiroler Bergleuten aus der Gegend um Schwaz. Das läßt die Vermutung zu, daß auch sie der rübezahlischen Überlieferung manches hinzugefügt haben.

Der erste tschechische Autor, bei dem „Rubical" auftaucht, ist meines Wissens Havel Žalanský mit seinem Werk „O zlých anjelich aneb d'áblích" von 1619. Der gelehrte Jesuit und Historiograph des Barock, P. Bohuslav Balbinus aus Königsgrätz berichtet von „Ribenzall" 1679 in seinem „Miscellanea regni Bohemiae"; für ihn stellt sich der Berggeist gelegentlich als Freund und Helfer der Katholiken dar, insbesondere der Gesellschaft Jesu.

Anders bei Johannes Paul Schultze, geboren 1630 zu Zethlingen in der Altmark, der sich nachmals Magister Praetorius nannte und den Großteil seines Lebens in Leipzig verbracht hat. Selbst gut lutherisch, läßt er den Herrn des Riesengebirges hin und wieder als Parteigänger der Protestanten auftreten. Mit seiner „Daemonologia Rubenzalii Silesii" von 1662, der noch im gleichen Jahr ein weiterer Band und 1665 ein dritter nachfolgt sowie mit dem 1672 veröffentlichten „Satyrus Etymologicus" schuf er die Grundlage für Rübezahls anhaltende Popularität in Deutschland.

Bei der Zusammenstellung seiner meist kurzen und deftigen Geschichten war Praetorius nicht wählerisch noch von Skrupeln geplagt. Zwar nennt er hie und da Gewährsleute wie den Liebenthaler Boten; den Großteil seiner Historien hat er jedoch frei erfunden. Was verschlägt's? Schon als er 1680 in Leipzig das Zeitliche segnete, war dank seiner mit naiven Holzschnitten ausgestatteten Bücher, die dem wundersüchtigen Zeitgeist entgegenkamen, der Grund gelegt, um Rübezahl zur volkstümlichen Gestalt werden zu lassen. Ein übriges hat dann der Weimarer Hofmeister Johann Karl August Musäus getan, ein Zeitgenosse Goethes. Seine „Legenden von Rübezahl", enthalten in den „Volksmärchen der Deutschen" (1782–1787), gehen hauptsächlich auf Praetorius zurück. Musäus war es auch, der dem Namen Rübezahls in einer seiner Geschichten die heute geläufige romantische Deutung des Rübenzählers und verschmähten Liebhabers gab.

Auf Praetorius und Musäus beruhen nahezu alle späteren deutschen Bearbeitungen des Rübezahl-Stoffes, deren sich allein in meiner Sammlung an die neunzig Titel befinden, zum Teil ausgestattet von so bedeutenden Illustratoren wie Adrian Ludwig Richter, Max Slevogt, Alfred Kubin oder Herbert Holzing. Noch heute lebt Rübezahl in der volkstümlichen deutschen Überlieferung der Riesengebirgler weiter, ebenso in der tschechischen Tradition. Dort war er bis zum Ende des 19. Jahrhunderts als „Rýbrcoul" bekannt, dann bei den Tschechen als „Krakonoš".

Otfried Preußler

Anmerkungen

(1) **matt besungen:** bis zur Verblassung seines Glanzes oder Ruhmes gefeiert oder bewundert

(2) **Sudeten:** Gebirgsland in Mitteleuropa zwischen Lausitzer Neiße im Nordwesten und Mährischer Pforte im Südosten. Der rund 300 km lange und 30-60 km breite Gebirgszug setzt sich aus den Westsudeten, zu denen das Riesengebirge gehört, dem Innersudetischen Becken und den Ostsudeten zusammen.

(3) **Parnaß:** Eigentlich ein Kalkgebirge in Mittelgriechenland im Norden Delphis; in der Antike galt der Parnaß als Sitz des Apoll und der Musen, später als Reich der Dichtkunst.

(4) **Apollo und seine neun Musen:** Griechischer Gott, der die kultischen Gebote, Reinigungen und Sühnungen regelte und als erster in Tempeln und als Führer der Musen verehrt wurde. Die Musen waren die Göttinnen der Künste und Wissenschaften, die singend und tanzend unter der Führung Apolls vorgestellt wurden. Als Sitz der Musen galt der Helikon, später auch der Parnaß (s. Anm. 3).

(5) **berufen:** Von mhd. beruofen, das noch die Bedeutungsebene von ‚zu etwas rufen' hat, ähnlich wie sie heute noch in ‚zu etwas berufen sein' vorhanden ist.

(6) **traun:** wahrhaftig

(7) **Kondominium:** Herrschaft, Eigentum

(8) **Lachter:** Maßeinheit für Berg und Stollen, sie beträgt die gesamte Breite der Brust und beider ausgestreckter Arme.

(9) **Partagetraktat:** Schrift über die politische Teilung eines Gebietes

(10) **Starost:** Im Polen des 14. und 15. Jahrhunderts Bezeichnung des königlichen Statthalters, danach Titel königlicher Beamter; seit dem 17. Jahrhundert noch als Titel ohne eine damit verbundene Funktion verwandt. Vom 15.-18. Jahrhundert war der Starost auch Inhaber von Königsgut.

(11) **Flöze:** Schicht nutzbarer Minerale wie Kohle, Braunkohle und Kupferschiefer

(12) **fahen:** veraltet für ‚annehmen, aufnehmen'

(13) **Kraftgenie:** Musäus verspottet hier und an anderen Stellen seiner Märchen die ‚Stürmer und Dränger' unter den Dichtern seiner Zeit.

(14) **Olims Zeiten:** ehemals, vor langer Zeit (lat. olim - ehemals)

(15) **Japhets Nachkömmlinge:** Die biblische Person Japhet war (nach Gen. 6, 10; 9, 18ff. 10, 2-5) der 3. Sohn des Noah und legendärer Stammvater, besonders der kleinasiatischen Völker (Japhetiden).

(16) **Erichsstraße:** In der altnordischen Geschichte ritt der neue König bei der Übernahme seiner Herrschaft durchs Land und zeigte sich dem Volk. Altschwedische Gesetze sprechen in diesem Zusammenhang vom ‚Eriksweg'.

(17) **Mediceische Venus:** Gemeint ist Botticellis „Geburt der Venus", die er im Auftrag der florentinischen Fürstenfamilie Medici malte, und die jetzt in den Uffizien in Florenz ausgestellt ist.

(18) **Golkrabe:** (eigentl. Kolkrabe) große Art der Rabenvogelgattung

(19) **psychologische Bemerkung:** Der Märchendichter kann es sich gestatten, der logischen und psychologischen Gesetze zu spotten. Wenn Musäus aber seinem Raben die Betrachtung insinuiert, „die Seele wirke in ihrem Denken und Wollen nie anders als in Gemäßheit des Körpers, der sie umgibt", so kann der Rabe aus seiner Rabenseele heraus unmöglich einsehen, daß er den Fehler begangen hat, sich nicht von vornherein in einen schönen Jüngling zu verwandeln.

(20) **Mediceerin:** siehe Mediceische Venus (Anm. 17)

(21) **Schlesischer Pharao:** Pharao, Titel der ägyptischen Könige; hier übertragen verwendet für adeligen Herrscher in Schlesien

(22) **inokulierter Berggeist:** Wahrscheinlich Anspielung auf eine 1771 erschienene Erzählung Moritz von Thümmels: „Die Inoculation der Liebe"; Inokulation, ein aus der Gartenkultur genommener Begriff: Einimpfung, Veredelung.

(23) **Kaskade:** stufenförmiger Wasserfall

(24) **Frauenglas:** Marienglas, Bezeichnung für ebenflächige, große, klare Spaltstücke von Gips (Selenit), die früher zum Schutz von Marienbildern verwendet wurden.

(25) **Najaden:** Wassernymphen (nach einem griechischen Mythos)

(26) **Mälstrom:** (auch Moskoestrom), Meeresströmung zwischen den norwegischen Inseln Moskönäs und Värö, die früher als sehr gefährlich galt.

(27) **Thor, Wotan:** germanische Gottheiten

(28) **Physiognomie:** griech. ‚Untersuchung der Natur'; charakteristisches äußeres Erscheinungsbild eines Lebewesens; hier: die Gesichtszüge eines Menschen

(29) **Hirschfelds Gartenkunst:** Lorenz Hirschfeld, Professor der Philosophie in Kiel († 1792), schrieb verschiedene Bücher über Gartenbau.

(30) **äonenlang:** so alt wie die Welt selbst (griech. aion - Zeit, Weltalter)

(31) **Konfidentin:** Bezeichnung für Vertraute, Freundin; aus (lat.) confidere - vertrauen

(32) **Freudenzähren:** Freudentränen

(33) **Zyperkatze:** grau-schwarz gestreifte, von der Insel Zypern stammende Katze

(34) **Rosaurens Murner:** Anspielung auf Just Friedrich Wilhelm Zachariaes (1726-1777) komisches Heldengedicht „Murner in der Hölle" (1757)

(35) **Beni:** Schoßhund

(36) **Dumpf:** auch Dampf; veraltete Bezeichnung für Asthma; von (mdh.) dempfen ‚ersticken'

(37) **Söller:** offene, im Obergeschoß ins Freie führende Plattform, die von Mauern, Säulen oder Pfeilern gestützt wird

(38) **Spital:** veraltete Bezeichnung für Altersheim, Armenhaus; aus (lat.) hospitalum - Herberge für Pilger, Arme und Kranke

(39) **Klosett:** veraltet für kleiner, abgeschlossener Raum; von (lat.) claudere - abschließen

(40) **Lohkasten:** Kasten, der mit einer mit Rinde gedüngten Erde (Loherde) gefüllt ist und in dem schnellwachsende Pflanzen gezüchtet werden.

(41) **Hesperiden:** (griech. Mythologie) ‚Abendmädchen/Töchter der Nacht', die fern im Westen jenseits des Weltmeeres (Okeanos) mit dem Drachen Ladon im Göttergarten den Baum mit den als Symbol der Unsterblichkeit geltenden goldenen Äpfeln bewachen.

(42) **Spleen:** (engl.) Milz; verwendet im übertragenen Sinn für Marotte, Laune oder Überspanntheit, die man ursprünglich für Symptome der Erkrankung Milzsucht hielt.

(43) **rasender Roland:** Gemeint ist der verliebte Held in Ludovico Ariostos (1474-1533) gleichnamigem Epos.

(44) **Sponsen:** Gönner

(45) **Aglaster:** Elster

(46) **Hasael:** Hasael, im Alten Testament jener Bote, der vom erkrankten syrischen König Benhadad zum Propheten Elisa abgeschickt und dort zum König von Syrien gesalbt wurde (1.König. 19, 15)

(47) **Misanthrop:** Menschenfeind

(48) **Reisiger:** (hist.) schwerbewaffneter Reiter, von (mhd.) reisic für ‚auf der Heerfahrt'

(49) **Philogyn:** Frauenfreund

(50) **dreuster:** dreister

(51) **Präliminarien:** Vorverhandlungen, vorläufige Abmachungen

(52) **Naphthatropfen:** (Assyr.) naptu - Erdöl; die veraltete Bezeichnung für Erdöl steht hier synonym für eine leicht entzündbare Flüssigkeit.

(53) **spedieren:** befördern

(54) **infallibel:** unfehlbar

(55) **Kästner:** Anspielung auf Abraham Gotthelf Kästner (1719-1800), berühmter Mathematiker und Epigrammdichter in Göttingen, soll sich von den Damen seiner Heimat verschiedentlich einen Korb geholt haben.

(56) **Blindheimer Schlacht:** Englische Bezeichnung der Schlacht bei Höchstädt in Schwaben 1704. Als der Sieger, Herzog Marlborough, unter großen Feierlichkeiten in London einzog, hielt sich dort auch der Physiker Isaak Newton (1643-1727) auf.

(57) **Zirbeldrüse:** Drüse zur inneren Sekretproduktion (Epiphyse); früher hielt man sie für den Sitz der Seele.

(58) **Darrsucht:** veraltet für Eßstörung

(59) **goutieren:** (frz.) schmecken, gefallen

(60) **baß:** (hist.) sehr

(61) **Insult:** schwere Beleidigung

(62) **Hirschberg:** Ort am schlesischen Rande des Riesengebirges, heute poln.: Jelenia Góra

(63) **kosen:** hier: sprechen, plaudern

(64) **Valet:** Abschied

(65) **barmherziger Samariter im Evangelium:** Gemeint ist das Lukasevangelium (10, 29-37); darin erzählt Jesus von dem Samariter, der einem unter die Räuber gefallenen und von diesen halbtot liegengelassenen Menschen half.

(66) **Kordialwasser:** alkoholisches Getränk, z.B. Schnaps, zur Herzstärkung

(67) **wie der Engel Raphael den jungen Tobias:** Das Buch der Bibel Tobias (5-12) berichtet, daß Tobias von seinem Vater Tobit in die Stadt Rages in Medien (heute Rhey bei Teheran, Iran) gesandt wurde, wo er für diesen hinterlegtes Geld abholen sollte. Der Engel Raphael begleitete Tobit unerkannt auf dieser Reise und vollbrachte zahlreiche Wunder.

(68) **Watsack:** veraltet für Geld- oder Kleidersack

(69) **Diebesgruß:** (hist.) die Anzeige eines Diebstahls vor Gericht

(70) **ex officio:** (lat.) von Amts wegen

(71) **Denunziation:** hier in der neutralen Bedeutungsvariante ‚Anzeige', ‚Ankündigung' gebraucht

(72) **von wannen:** (hist.) woher

(73) **Inkulpat:** Angeklagter, Beschuldigter

(74) **Gaudieb:** (hist., norddt.) Gauner, verschlagener Dieb; aus gauwe deef ‚schneller Dieb'

(75) **Meister Hämmerling:** alte Bezeichnung für Henker

(76) **brevi manu:** (lat.) kurzerhand

(77) **Atzungskosten:** Veraltet für Speisekosten. Heute wird der Begriff ‚atzen' noch im Weidmännischen für das Füttern von jungen Vögeln benutzt.

(78) **Malefikant:** (lat.) Übeltäter

(79) **reputierlich:** (hist.) achtbar

(80) **lasurfarben:** blau

(81) **sintemal:** (hist.) da, weil, indem, zumal

(82) **Wittib:** alte Bezeichnung für Witwe

(83) **schmorgen:** (mitteldt.) knausern, geizig sein, Hunger leiden

(84) **Paternoster:** das Vaterunser

(85) **Credo:** Glaubensbekenntnis in der katholischen Liturgie

(86) **Karsten:** Hacke mit zwei Zähnen

(87) **Rhadamant:** (griech. Mythologie) neben Äakos und Minos Totenrichter in der Unterwelt, sprichwörtlich wegen seiner Weisheit und Gerechtigkeit

(88) **Pönitenziarius:** (hist.) ein mit besonderer Beichtvollmacht ausgestatteter Priester

(89) **sträcklich:** (hist.) unmittelbar, ohne Zwischenzeit

(90) **Weichbild:** Rechtswort aus (mhd.) wich - Siedlung und billida - Recht; das ursprünglich Städten und Märkten im Unterschied zur ländlichen Umgebung eigene Ortsrecht, später auch der Geltungsbereich dieses Rechtes.

(91) **Rose von guter Vorbedeutung:** Grimm, Deutsche Mythologie: „Brennt das Licht abends Rosen, so kommt des andern Tages Geld oder sonst ein Glück."

(92) **sich eignen:** (hist.) aus dem älteren eräugnen, sich sehen lassen, ein Zeichen geben (in bezug auf Unheilsankündigungen gebraucht)

(93) **Panazee:** (lat.) Wundermittel

(94) **Hölle:** (eigentl. Helle) der enge Raum hinter dem Ofen; in dieser Bedeutung auch Höllbank, Ofenbank

(95) **Sermon:** (hist.) Gespräch, Vortrag, spätlat. auch für Predigt

(96) **den Stab brechen:** Alter Rechtsbrauch. Als Zeichen seiner Gewalt hielt der Richter den sog. Gerichtsstab während der Verhandlung in der Hand. Bei Verhängung der Todesstrafe wurde kurz vor

Urteilsverkündung über dem Kopf des Delinquenten der Gerichtsstab gebrochen, da ihm nun auch die Macht des Richters nicht mehr helfen konnte.

(97) **Produktensammler unter Büschings Firma:** Ein gewisser Crome gab 1782 das Buch „Europens Produkte“ heraus, in das aus einem 1771 erschienenen Werk Büschings („Neue Erdbeschreibung“) auch eine Stelle über die „Rysowe“ wörtlich aufgenommen war. Diese Stelle lautete: „Es gibt (in den Sudeten) auch Wölfe, Bären und eine Art Leoparden von der Größe des Hundes aber dikker, welche Rysowe genannt werden.“

(98) **Invektive:** Beschimpfung, Schmährede

(99) **Bastonade:** (frz.) Prügelstrafe auf Fußsohlen und Rücken; von (ital.) bastone - Stock

(100) **Hanns Hubrigs Biograph:** Gemeint ist Chr. I. Löber, der 1783 das Buch „Leiden und Freuden Hans Hubrigs, eines 112jährigen Greises“ herausgab.

(101) **Schmiedeberg:** Stadt im Riesengebirge auf heute polnischem Staatsgebiet, heute ‚Kowary‘

(102) **Äskulap:** Äskulap ist der griechische Gott der Heilkunde, dessen Name verallgemeinert und hier scherzhaft für Arzt gebraucht wird.

(103) **Ysop:** Ein im Mittelmeergebiet heimischer Strauch; Eisenkraut

(104) **gewitzigt:** klug geworden

(105) **konterband:** verboten

(106) **weiland:** (hist.) vormals, früher; von (mdh.) wila - Weile

(107) **Reichenberg:** ehemals deutschbesiedelte Stadt in Nordböhmen, heute tschechisch ‚Liberec‘; gelegen am Fuße des Isergebirges

(108) **die vierzehn Nothelfer:** Von katholischen Gläubigen in Notlagen Angerufene Heilige. Der Wallfahrtsort Vierzehnheilige in Oberfranken zeugt von ihrer Verehrung, die sich im 14. Jahrhundert herausbildete.

(109) **hudeln:** (hist.) schlecht behandeln, plagen

(110) **Tort:** Kränkung; etwas Unrechtes, Unangenehmes

(111) **jmd. Dampf antun:** (volkstüml.) jemandem das Fürchten lehren

(112) **Debitor:** (lat.) Schuldner

(113) **Hecktaler:** Münze, die nie ausgegeben werden darf, da sie immer neue Münzen erzeugen soll

(114) **Sollizitant:** Bittsteller

(115) **insultieren:** beleidigen, beschimpfen

(116) **Gauche:** Narretei (hist. Gauch: Narr)

(117) **staupen:** Mit Ruten züchtigen

(118) **Schreckenberger:** Alte sächsische Silbermünze, nach den Gruben des Schreckenbergs bei Annaberg so genannt. Wegen eines aufgeprägten Engelskopfes wurde sie auch ‚Engelsgroschen' genannt.

(119) **Daus:** übertragener Begriff aus dem Glücksspiel: zwei Augen im Glücksspiel, ein As

(120) **rasaunen:** (regional) lärmen, poltern

(121) **Ungerland:** Ungarn

(122) **Gutfreitagsgröschel:** Eine schlesische Münze, die die Fürsten von Liegnitz (heute poln. Legnica) prägten und am Karfreitag an die Armen als Almosen austeilen ließen.

(123) **Hipplein:** Zicklein

(124) **Strauß:** veraltete Bezeichnung für ‚Streit'

(125) **Strözel:** Auch Strietzel; längliches Hefegebäck, meist in Form eines Zopfes

(126) **Indigestion des Königs Midas:** Der phrygische König Midas hatte von Dionysos die Gabe erhalten, alles, was er berührte, in Gold verwandeln zu können. Aber da sogar Speise und Trank bei der Berührung seiner Lippen zu Gold wurden, bat er den Gott, das verhängnisvolle Geschenk zurückzunehmen. Indigestion - schlechte Verdauungsfähigkeit.

(127) **Hechtleber der Pönitenz:** Die magische Hechtleber (Buch Tobias, Kap. 20) besaß, auf glühende Kohlen gelegt, die Kraft, mit ihrem Rauch den Asmodi, den Eheteufel, den Störer der Ehe, zu vertreiben, so daß bald ein reicher Kindersegen die Folge war. Pönitenz - Buße, Bußübung.

(128) **Asmodi:** böser Geist, Eheteufel

(129) **simulieren:** veraltet für ‚nachsinnen', ‚sich bedenken'

(130) **welsch:** (hist.) fremd, südländisch - Der Begriff entwickelte sich aus der ursprünglichen Bezeichnung eines westeuropäischen keltischen Stammes und bezeichnete im Mittelalter Romanen, insbesondere Italiener und Franzosen.

(131) **Parochus:** Pfarrer

(132) **Kirsdorf:** Steht hier für Giersdorf, ein nach Hirschberg (Jelenia Góra) hin gelegener schlesischer Gebirgsort im Riesengebirge.

(133) **kirre:** (ugs.) gefügig, zahm

(134) **Tunkagras:** auch Tonkagras, gelbes Riechgras, Lavendelgras (authoxanthum odoratum)

(135) **Schwallenzagel:** auch Schwalbenzagel, kleine Berg- und Wiesenpflanze (veronica spicata)

(136) **Marienflachs:** gefiedertes Pfriemengras, Straußgras (linaria urinaria)

(137) **Herzog Michel oder das Milchmädchen:** Herzog Michel ist eine Figur in einem heute unbekannten Lustspiel von Krüger (1769); das Milchmädchen kam in einem damals beliebten Singspiel vor.

(138) **Odem:** Seit Luther gebräuchliche dichterische und religiöse Bezeichnung für Atem.

(139) **Schwäher:** Schwager

(140) **Kurand:** (hist.) Pflegling

(141) **Stalhantsch:** schwedischer Offizier im Dreißigjährigen Krieg

(142) **Voltairens Zeitgenossin:** Voltaire, eigentl. Francois Marie Arouet, frz. Schriftsteller und Philosoph (1694-1778) war ein Hauptvertreter der Aufklärung.

(143) **Entrevue:** (frz.) Zusammenkunft

(144) **Teut:** Kurzform von Teuto, altgerm. Gott

(145) **verassekurieren:** versichern

(146) **Benedicte:** Benedictus, von (lat.) benedicere - Gutes Wünschen, segnen, liturgischer Hymnus (im katholischen Stundengebet)

(147) **Gratias:** nach dem Anfangswort des Gebetes in der katholischen Liturgie (klösterliches) Dankgebet nach Tisch

(148) **H...ngsche Weisheit:** Der Spott gilt dem Jenenser Professoren I. Chr. Hennings, der Ende des 18. Jahrhunderts den Aberglauben seiner Zeit in äußerst nüchternen Aufklärungsschriften zu bekämpfen versuchte.

(149) **Suada:** Redefluß

(150) **Palinodie:** dichterischer Widerruf

(151) **überzwerch:** (regional) quer, schräg

(152) **Bannwart:** veraltet für ‚Hüter'

(153) **Schiff, Geschirr:** historische Bezeichnung aller Werkzeuge und Gerätschaften, die zu einem Gewerbe gebraucht wurden

(154) **Reuter**: Reiter

(155) **Rosinante:** Literarische Anspielung: Rosinante hieß die lahme Stute von Cervantes' Don Quijote.

(156) **traversieren:** Travers ist die seitliche Gangart des Pferdes mit besonderer Stellung der Vor- und Hinterhand.

(157) **Pseudo-Sebastian:** Gegen Philipp II. von Spanien, († 1598), der nach dem Tod des Königs Sebastian von Portugal das verwaiste Reich beanspruchte, erhoben sich mehrere Pseudo-Sebastiane, deren letzter und bedeutendster 1600 hingerichtet wurde.

(158) **falscher Demetrius:** Nach dem Tod des jüngsten Sohnes des Zaren Iwan IV. (1530-1584) verbreitete sich die Ansicht, daß ein anderer an Stelle Dimitrij Iwanowitschs (1582-1591) ermordet worden sei, weshalb in der Folgezeit mehrere falsche Dmitrijs oder Demetri auftauchten.

(159) **Assemblee:** (frz.) Versammlung

(160) **Epopöe:** veraltete Bezeichnung für ‚Epos' (Heldengedicht)

(161) **Theophrast:** Nach dem Arzt und Naturforscher Paracelsus, eigtl. Theophrastus Bombastus von Hohenheim (1493-1541). Sein marktschreierisches Wesen und die Verworrenheit seiner Schriften haben lange eine gerechte Würdigung seiner Verdienste verhindert. Jahrhundertelang blieb er als ein großer Zauberer verschrien.

(162) **Klistier:** mit einem Ballon versehenes Instrument zur Darmspülung

(163) **Schnepper:** (hist.) Metallvorrichtung zur Durchführung eines Aderlasses

(164) **Karnies:** Bauglied (wie z. B. ein Steingesims) mit S-förmigem Querschnitt

(165) **Willkommen:** Auch Willkomm; großer Pokal, der seit Mitte des 16. Jahrhunderts zum Begrüßungs- und Umtrunk in Gebrauch kam.

(166) **Tragant:** Aus Pflanzen gewonnene gallertartige, quellbare Substanz, die besonders als Verdickungs- und Bindemitteln und auch zur Herstellung von Klebstoffen dient.

(167) **Kollation:** (frz.) kleine Zwischenmahlzeit, Imbiß

(168) **Vademekum:** Bezeichnung für ein kleines Büchlein, einen Ratgeber oder Leitfaden (lat. - geh mit mir)

(169) **visum repertum:** (lat.) visum - (Sinnes)eindruck, repertum - erkannt, wahrgenommen; hier: Begutachtung durch einen Experten

(170) **allprätendierend:** auf alles einen Anspruch habend

(171) **Sechsstadt Lauban:** Heute poln. Luba, bis 1945 gehörte sie zu den sechs Städten, aus denen die Oberlausitz bestand.

(172) **druhen:** (hist.) sicher in der Truhe liegen, wohlgeborgen sein

(173) **Jud' Ephraim:** Anspielung auf einen berüchtigten Münzpächter im Siebenjährigen Krieg, der in Leipzig und in verschiedenen preußischen Münzprägestätten seine sogenannten Ephraimiten (Guldenstücke) schlagen ließ.

(174) **Aftergenosse:** Nachfolger

(175) **enrollieren:** (frz.-milit.) anwerben

(176) **retirieren:** (frz.-milit.) sich fluchtähnlich oder eilig zurückziehen

(177) **Furagierung:** (frz.-milit.) Lebensmittelbeschaffung

(178) **Marodeur:** (frz.-milit.) plündernder Nachzügler einer Truppe

(179) **kondemnieren:** einziehen

(180) **Prise:** Eigentl. aus dem Seekriegsrecht: Als gute Prisen verfallen der Einziehung (Kondemnation) feindliche Handels- und sonstige Privatschiffe; hier übertragen auf allg. Kriegsrecht.

(181) **Liegnitz:** schlesische Stadt auf heute polnischem Staatsgebiet, poln. ‚Legnica'

(182) **peregrinierend:** (hist.) wandernd, reisend

(183) **bosseln:** Im Winter auf vereisten Flächen ein Wurfspiel, bei dem mit Kegeln (‚Boßeln') ein weit entferntes Ziel getroffen werden muß; aus (mhd.) bozen - stoßen, Kegeln schieben.

(184) **Scherf:** Name einer alten, einseitig geprägten Münze aus dünnem Silber, später auch aus Kupfer. Der Name ist heute noch im Wort ‚Scherflein' enthalten.

(185) **ad locum unde:** (lat., sinngemäß) an den Platz, woher er kam

(186) **Pison:** Einer der vier biblischen Flüsse, in die sich der das Paradies bewässernde Strom teilte. Der Pison floß um das goldreiche Land Havila.

(187) **Latwerge:** Breiig zubereitetes Arzneimittel, das man im Munde zergehen läßt, aus (lat.) electuarium – Arznei.

(188) **Seherin Kassandra:** Trojanische Königstochter, der Apollo um den Preis ihrer Liebe die Gabe der Weissagung verlieh. Als sie aber ihre Zusage nicht erfüllte, wurde sie damit bestraft, daß ihre Prophezeiungen keinen Glauben fanden, auch nicht, als sie den Untergang ihrer Vaterstadt Troja vorhersagte.

(189) **Israel:** hier gebraucht für Israelit, Jude

(190) **Lissabon:** Die portugiesische Stadt wurde am 1. November 1755 durch ein Erdbeben fast völlig zerstört.

(191) **Guatemala:** Das Erdbeben, das die Hauptstadt Guatemala der mittelamerikanischen Republik gleichen Namens vernichtete, ereignete sich 1773. Die heutige Stadt Guatemala steht 43 km östlich der ursprünglichen Stelle.

(192) **Seher zu Zellerfeld:** Gemeint ist Superintendent Ziehen, der 1780 eine Prophetenschrift mit dem Titel ‚Nachricht von einer bevorstehenden Revolution der Erde' herausgab. Er soll auch geweissagt haben, daß an einem bestimmten Tag des Sommers 1785 der Brokken Feuer speien werde. Alle diese in jenen Tagen massenhaft auftauchenden Weissagungsschriften übertraf an Phantastik das ‚Buch Chevila' (1784), über das Lichtenberg urteilte, es sei ‚diesseits der Türe des Tollhauses geschrieben'.

Lieferbare Bücher
aus dem Programm des Verlags Vitalis

Anonymus: **Die kleine Chronik der Anna Magdalena Bach.** Ca. 230 Seiten, 21 x 13 cm, gebunden mit 12 Bildtafeln, einem Vorsatz und ausführlichem Anhang, ISBN 3-934774-00-8, DM 29,80/öS 219,-/sFr 29,80

Baum, Oskar: **Erzählungen aus dem Blindenleben.** 120 Seiten, 21 x 13 cm, gebunden, mit fotografischen Abb. und einem Nachwort, ISBN 80-85938-21-9, DM 24,80/öS 184,-/sFr 24,80

Binder, Hartmut: **Wo Kafka und seine Freunde zu Gast waren.** Ca. 250 Seiten, 23 x 29,7 cm, gebunden, Schutzumschlag, mit zahlreichen, zum Teil erstveröffentlichten Fotos von Prager Kaffeehäusern und anderen Lokalitäten der Jahrhundertwende und einem Orientierungsplan im Vorsatz, ISBN 3-934774-01-6, DM 49,80/öS 364,-/sFr 49,80

Boy, Miriam (Hg.): **Pragerinnen.** 264 Seiten, 21 x 13 cm, gebunden, mit Schutzumschlag und fotografischen Abb., mit einem Vorwort der Herausgeberin, ISBN 80-85938-00-6, DM 29,80/öS 219,-/sFr 29,80

Brandner, Meret (Hg.): **Tschechische Erzählungen aus Prag.** 184 Seiten, 21 x 13 cm, gebunden, mit Illustrationen von Karel Hruška und einem Vorwort der Herausgeberin, ISBN 80-901621-4-2, DM 19,80/öS 145,-/sFr 19,80

Bürger, Gottfried August: **Münchhausen.** 128 Seiten, 21 x 13 cm, gebunden, mit farbigen Abb., ISBN 80-7253-002-X, DM 19,80/öS 145,-/sFr 19,80

Cervantes, Miguel de: **Don Quijote de la Mancha.** Ca. 600 Seiten, 21 x 13 cm, gebunden, mit Illustrationen von Karel Hruška, ISBN 80-85938-70-7, DM 29,80/öS 219,-/sFr 29,80

Chamisso, Adelbert von: **Peter Schlemihls wunderbare Geschichte.** 112 Seiten, 21 x 13 cm, gebunden, mit Illustrationen von Karel Hruška, ISBN 80-85938-97-9, DM 19,80 /öS 145,-/sFr 19,80

Diverse Autoren: **Immerwährender Literaturkalender Prag.** Dt. Erstausgabe, 324 Seiten, 15 x 10,5 cm, broschiert, durchgehend illustriert, ISBN 80-85938-05-7, DM 12,80/öS 94,-/sFr 12,80

Droste-Hülshoff, Annette von: **Die Judenbuche. Eine Kriminalerzählung.** 84 Seiten, 21 x 13 cm, gebunden, mit Illustrationen von Karel Hruška, ISBN 80-85938-93-6, DM 19,80 /öS 145,-/sFr 19,80

Ebner-Eschenbach, Marie von: **Aus Spätherbsttagen.** 256 Seiten, 21 x 13 cm, gebunden, mit Illustrationen von František Koubek, ISBN 80-85938-98-7, DM 24,80/öS 181,-/sFr 24,80

Eichendorff, Joseph von: **Aus dem Leben eines Taugenichts.** 152 Seiten, 21 x 13 cm, gebunden, mit Illustrationen von Karel Hruška, ISBN 80-85938-92-8, DM 19,80/öS 145,-/sFr 19,80

Grillparzer, Franz: **Der arme Spielmann.** 80 Seiten, 21 x 13 cm, gebunden, mit Aquarellen von Franz Windhager und einem Vorwort von August Sauer, ISBN 3-934774-02-4, DM 19,80/öS 145,-/sFr 19,80

Grimm, Jakob und Wilhelm: **Grimmsche Märchen.** Ca. 470 Seiten, 21 x 13 cm, gebunden, farbig illustriert von Karel Hruška, ISBN 3-934774-03-2, DM 29,80/öS 219,-/sFr 29,80

Grüny, Christian (Hg.): **Jüdische Erzählungen aus Prag.** 200 Seiten, 21 x 13 cm, gebunden, mit Illustrationen von Karel Hruška und einem Vorwort des Herausgebers, ISBN 80-901621-1-8, DM 19,80/öS 145,-/sFr 19,80

Hahn, Karl Josef: **Kristallnacht in Karlsbad.** Dt. Erstausgabe, 112 Seiten, zweisprachig: deutsch und tschechisch, 21 x 13 cm, gebunden und mit Abb., mit einem Vorwort von Jiří Gruša und einem Nachwort von Ferdinand Seibt,
ISBN 80-85938-50-2, DM 19,80/öS 145,-/sFr 19,80

Hauff, Wilhelm: **Das Wirtshaus im Spessart.** 216 Seiten, 21 x 13 cm, gebunden, mit Illustrationen von Karel Hruška,
ISBN 80-85938-95-2, DM 19,80/öS 145,-/sFr 19,80

Helmreich, Franziska/Staudinger, Anton: **Nur Knödel. The Ultimate Dumpling Book from Austria, Bavaria & Bohemia.** 112 Seiten, zweisprachig: deutsch und englisch, mit achtzig Rezepten, 28 x 22 cm, gebunden, mit zahlreichen fotografischen Abb.,
ISBN 80-85938-59-6, DM 39,80/öS 294,-/sFr 39,80

Hoffmann, E.T.A.: **Nußknacker und Mausekönig.** 104 Seiten, 21 x 13 cm, gebunden, mit Illustrationen von Karel Hruška und einem Vorsatz,
ISBN 80-85938-96-0, DM 19,80/öS 145,-/sFr 19,80

Huppert, Jehuda: **Theresienstadt - ein Wegweiser.** 128 Seiten, 21 x 13 cm, gebunden, durchgehend farbig illustriert, mit einem Vorwort von Zeev Utitz,
ISBN 80-7253-000-3, DM 24,80/öS 184,- /sFr 24,80, auch in englisch lieferbar

Kafka, Franz: **Betrachtung.** 80 Seiten, 21 x 13 cm, gebunden, mit 8 historischen Bildtafeln und einem Nachwort von Albert Ehrenstein,
ISBN 80-85938-32-4, DM 19,80/öS 145,-/sFr 19,80, auch in englisch lieferbar

Kafka, Franz: **Brief an den Vater.** 96 Seiten, 21 x 13 cm, gebunden, mit Zeichnungen von Franz Kafka und einem Nachwort von Thomas Anz,
ISBN 80-85938-07-3, DM 19,80/öS 145,-/sFr 19,80,
auch in englisch und französisch lieferbar

Kafka, Franz: **Der Prozeß.** 288 Seiten, 21 x 13 cm, gebunden, erste ungekürzte Ausgabe unter Aufnahme auch der vom Autor gestrichenen Passagen, mit Illustrationen von Karel Hruška,
ISBN 80-85938-33-2, DM 19,80 /öS 145,-/sFr 19,80

Kafka, Franz: **Die Verwandlung.** 104 Seiten, 21 x 13 cm, gebunden, mit Illustrationen von Karel Hruška,
ISBN 80-85938-46-4, DM 19,80 /öS 145,-/sFr 19,80;- auch in englisch lieferbar

Kafka, Franz: **Ein Landarzt.** 104 Seiten, 21 x 13 cm, gebunden, mit fotografischen Abb., mit einem Nachwort zum Ort des Entstehens von Harald Salfellner,
ISBN 80-85938-45-6, DM 19,80 /öS 145,-/sFr 19,80, auch in englisch lieferbar

Kafka, Franz: **Tiererzählungen.** 120 Seiten, 21 x 13 cm, gebunden, mit Illustrationen von Karel Hruška, ISBN 80-85938-49-9, DM 19,80/öS 145,-/sFr 19,80

Kleček, Franz: **Aus meinen dreißigjährigen Erinnerungen als Prager Kleinseitner Fiaker.** Dt. Erstausgabe, 84 Seiten, 21 x 13 cm, gebunden, mit fotografischen Abb., mit einem Vorwort des Autors und einem Nachwort von Johanna v. Herzogenberg,
ISBN 80-85938-10-3, DM 19,80/öS 145,-/sFr 19,80

Kohout, Pavel: **Die kluge Amsel.** Ein Buch für Kinder ab 7, 64 Seiten, 25,3 x 19 cm, gebunden, mit farbigen Illustrationen, ISBN 3-934774-04-0,
DM 29,80/öS 219,-/sFr 29,80, auch in englisch und tschechisch lieferbar

Kraus, Wolfgang/Winkler, Norbert (Hg.): **Das Phänomen Franz Kafka.** Schriftenreihe der Österreichischen Franz Kafka-Gesellschaft, 184 Seiten, 23 x 15 cm, gebunden, mit einem Vorwort der Herausgeber,
ISBN 80-85938-02-2, DM 39,80/öS 294,-/sFr 39,80

Leppin, Paul: **Severins Gang in die Finsternis. Ein Prager Gespensterroman.** 144 Seiten, 21 x 13 cm, gebunden, mit farbigen Illustrationen von Jiří V. Slavíček und einem Nachwort von Hugo Rokyta,
ISBN 80-85938-16-2, DM 19,80/öS 145,-/sFr 19,80

Levy, Alan: **Verlorener Frühling. Ein Amerikaner in Prag 1967 - 1971.** Dt. Erstausgabe, 504 Seiten, 21 x 13 cm, gebunden, mit Schutzumschlag, aus dem Amerikanischen von T. Krombach und M. Gaul,
ISBN 80-85938-31-6, DM 39,80/öS 294,-/sFr 39,80

Mörike, Eduard: **Mozart auf der Reise nach Prag.** 108 Seiten, 21 x 13 cm, gebunden, mit Illustrationen von Hugo Steiner-Prag und einem Nachwort von Hugo Rokyta,
ISBN 80-85938-47-2, DM 19,80/öS 145,-/sFr 19,80

Němcová, Božena: **Die Großmutter (Babička).** 400 Seiten, 21 x 13 cm, gebunden, mit Illustrationen von Karel Hruška und einem Vorwort des Übersetzers, aus dem Tschechischen von Kamill Eben,
ISBN 80-85938-64-2, DM 24,80/öS 184,-/sFr 24,80

Neruda, Jan: **Aus dem Alltag der Prager Stadtpolizei.** 120 Seiten, 21 x 13 cm, gebunden, mit Illustrationen von Karel Hruška,
ISBN 80-901370-3-2, DM 19,80/öS 145,-/sFr 19,80

Neruda, Jan: **Kleinseitner Geschichten – Abendplaudereien.** Zweite, überarbeitete Ausgabe, 120 Seiten, 21 x 13 cm, gebunden, mit Illustrationen von Karel Hruška,
ISBN 80-85938-85-5, DM 19,80/öS 145,-/sFr 19,80

Neruda, Jan: **Kleinseitner Geschichten – Aus dem Tagebuch eines Konzipienten.** 96 Seiten, 21 x 13 cm, gebunden, mit Illustrationen von Karel Hruška,
ISBN 80-901370-9-1, DM 19,80/öS 145,-/sFr 19,80

Puschkin, Alexander: **Die Erzählungen des seligen Iwan Petrowitsch Belkin.** 120 Seiten, 21 x 13 cm, gebunden, mit Illustrationen von Karel Hruška,
ISBN 80-85938-94-4, DM 19,80 /öS 145,-/sFr 19,80

Raabe, Wilhelm: **Holunderblüte.** 92 Seiten, 21 x 13 cm, gebunden, mit Illustrationen von Karel Hruška und einer kurzen Geschichte der Prager Judenstadt und des Alten Jüdischen Friedhofs Beth Chaim zu Prag von Harald Salfellner,
ISBN 80-85938-15-4 DM 19,80 /öS 145,-/sFr 19,80

Rilke, Rainer Maria: **Larenopfer. Prag in Gedichten.** 96 Seiten, 21 x 13 cm, gebunden, mit Illustrationen von Karel Hruška und einem Begleittext von Hugo Steiner-Prag,
ISBN 80-901370-7-5, DM 19,80 /öS 145,-/sFr 19,80

Rilke, Rainer Maria: **Zwei Prager Geschichten.** 152 Seiten, 21 x 13 cm, gebunden, mit 5 Farbtafeln von Jiří V. Slavíček, einem Vorwort des Autors und einem Nachwort von Harald Salfellner,
ISBN 80-85938-14-6, DM 19,80/öS 145,-/sFr 19,80

Rokyta, Hugo: **Die Böhmischen Länder – Böhmen.** Zweite, erweiterte u. überarbeitete Ausgabe, 352 Seiten, 24 x 17 cm, gebunden, mit Schutzumschlag, mit einem Vorwort von Ludwig Scharinger,
ISBN 80-85938-23-5, DM 59,-/öS 439,-/sFr 59,-

Rokyta, Hugo: **Die Böhmischen Länder – Prag.** Dritte, erweiterte u. überarbeitete Auflage, 384 Seiten, 24 x 17 cm, gebunden, mit Schutzumschlag, mit einem Vorwort von Michael Häupl und einem Geleitwort von Rudolf Kirchschläger,
ISBN 80-85938-28-6, DM 59,-/öS 439,-/sFr 59,-

Saar, Ferdinand von: **Innocens.** 120 Seiten, 21 x 13 cm, gebunden, reichhaltig illustriert, mit einem historischen Rundgang über den Vyšehrad von Harald Salfellner,
ISBN 80-85938-67-7, DM 19,80/öS 145,-/sFr 19,80

Salfellner, Harald/Wnendt, Werner: **Das Palais Lobkowicz in Prag. Ein Ort deutscher Geschichte.** 168 Seiten, 28,8 x 22 cm, gebunden, mit zahlreichen fotografischen Abb., mit einem Beitrag von Hans-Dietrich Genscher,
ISBN 80-85938-65-0, DM 49,90/öS 364,-/sFr 49,90

Salfellner, Harald (Hg.): **Deutsche Erzählungen aus Böhmen.** 168 Seiten, 21 x 13 cm, gebunden, mit 8 Farbveduten, mit einem Vorwort des Herausgebers,
ISBN 80-85938-51-0, DM 24,80/öS 181,-/sFr 24,80

Salfellner, Harald (Hg.): **Deutsche Erzählungen aus Mähren.** 176 Seiten, 21 x 13 cm, gebunden, mit 8 Farbveduten, mit einem Vorwort des Herausgebers,
ISBN 80-7253-004-6, DM 19,80/öS 145,-/sFr 19,80

Salfellner, Harald: **Das Goldene Gäßchen.** 104 Seiten, 21 x 13 cm, broschiert und genäht, mit mehr als 100 größtenteils farbigen Abbildungen,
ISBN 80-85938-53-7, DM 24,80/öS 184,-/sFr 24,80, auch in englisch und tschechisch lieferbar

Salfellner, Harald: **Die kluge Isabella. Ein Märchen aus dem Goldenen Gäßchen.** 40 Seiten, 21 x 13 cm, gebunden, mit Ill. von Karel Hruška, für Kinder ab 7 Jahren, ISBN 80-85938-03-0, DM 19,80/öS 145,-/sFr 19,80, auch in englisch und tschechisch lieferbar

Salfellner, Harald: **Fips, der Affe hat Geburtstag.** 28 Seiten, 26, 5 x 20 cm, gebunden, mit farbigen Illustrationen von Karel Hruška, für Kinder ab 5 Jahren, ISBN 80-85938-87-1, DM 19,80/öS 145,-/sFr 19,80, auch in englisch, tschechisch und spanisch lieferbar

Salfellner, Harald: **Franz Kafka und Prag.** Dritte, stark erweiterte und überarbeitete Ausgabe, 208 Seiten, 21 x 13 cm, gebunden, mit 120 Abb., mit einem Orientierungsplan im Vorsatz, mit einem Vorwort von Hugo Rokyta, ISBN 80-85938-34-0, DM 24,80/öS 184,-/sFr 24,80 auch in englisch, tschechisch, französisch, italienisch und spanisch lieferbar

Salfellner, Harald (Hg.): **Prosit Neujahr. Bräuche, Lieder, Rezepte und Literarisches zum Jahreswechsel.** 128 Seiten, 28,8 x 22 cm, gebunden, durchgehend farbig illustriert, ISBN 80-7253-003-8, DM 49,90/öS 364,-/sFr 49,90

Salfellner, Harald: **Mein Böhmisches Kochbuch.** Dritte, stark erweiterte und überarbeitete Ausgabe, 160 Seiten, 28,8 x 22 cm, gebunden, durchgehend mit Farbfotografien und Farbgraphiken illustriert, Vertrieb in Deutschland und Österr. durch Verlag Weingarten unter der ISBN 3-8170-0033-2, ISBN bei Vitalis: 80-85938-63-4; DM 54,80/öS 400,-/sFr 54,80

Salfellner, Harald: **Mozart und Prag.** Ca. 300 Seiten, 21 x 13 cm, gebunden, mit zahlreichen Abb., umfangreichem Registerteil und einem Orientierungsplan im Vorsatz, Schutzumschlag, ISBN 3-934774-05-9, DM 34,80/öS 254,-/sFr 34,80, auch in englisch lieferbar

Schuh, Berthold: **Das Fenster einen Spalt breit geöffnet.** Eine Auswahl tschechischer Gedichte in deutschen Übertragungen von der Romantik bis zur Gegenwart, 148 Seiten, 21 x 13 cm, gebunden, mit farbigen Abb., ISBN 3-934774-06-7, DM 29,80/öS 219,-/sFr 29,80

Stifter, Adalbert: **Bergkristall. Eine Weihnachtsnovelle.** 108 Seiten, 21 x 13 cm, gebunden, mit Illustrationen von Karel Hruška, ISBN 80-85938-12-X, DM 19,80/öS 148,-/sFr 19,80

Tolstoj, Leo: **Die Kreutzersonate.** 174 Seiten, 21 x 13 cm, gebunden, mit einem Nachwort des Autors und Illustrationen von Karel Hruška, ISBN 80-85938-55-3, DM 19,80/öS 145,-/sFr 19,80

Třešňák, Vlastimil: **Minimax.** Dt. Erstausgabe, 136 Seiten, 21 x 13 cm, gebunden, mit Schutzumschlag, mit farbigen Illustrationen von Jiří V. Slavíček und einem Interview des Autors, aus dem Tschechischen von Peter Ambros, ISBN 80-85938-24-3, DM 29,80/öS 219,-/sFr 29,80

Vrchlický, Jaroslav: **Von weiten Wegen.** Gedichte, 56 Seiten, 21 x 13 cm, gebunden, mit farbigen Abb., einem Vorsatz sowie einem Vorwort von Otto Pick, ISBN 3-934774-07-5, DM 24,80/öS 184,-/sFr 24,80

Waldau, Alfred von: **Tschechische Märchen.** 272 Seiten, 21 x 13 cm, gebunden, mit farbigen Illustrationen von Karel Hruška und einem Vorwort des Autors, ISBN 80-85938-52-9, DM 24,80/öS 184,-/sFr 24,80

Wilde, Oscar: **Über Frauen, Liebe, Ehe.** 104 Seiten, 21 x 13 cm, gebunden, ISBN 80-85938-71-5, DM 19,80/öS 145,-/sFr 19,80

Wolff, Julius: **Der Rattenfänger von Hameln.** Ca. 240 Seiten, 21 x 13 cm, gebunden, mit Ill. von P. G. Johann, ISBN 3-934774-08-3, DM 24,80/öS 184,-/sFr 24,80

REISEWEGE NACH D

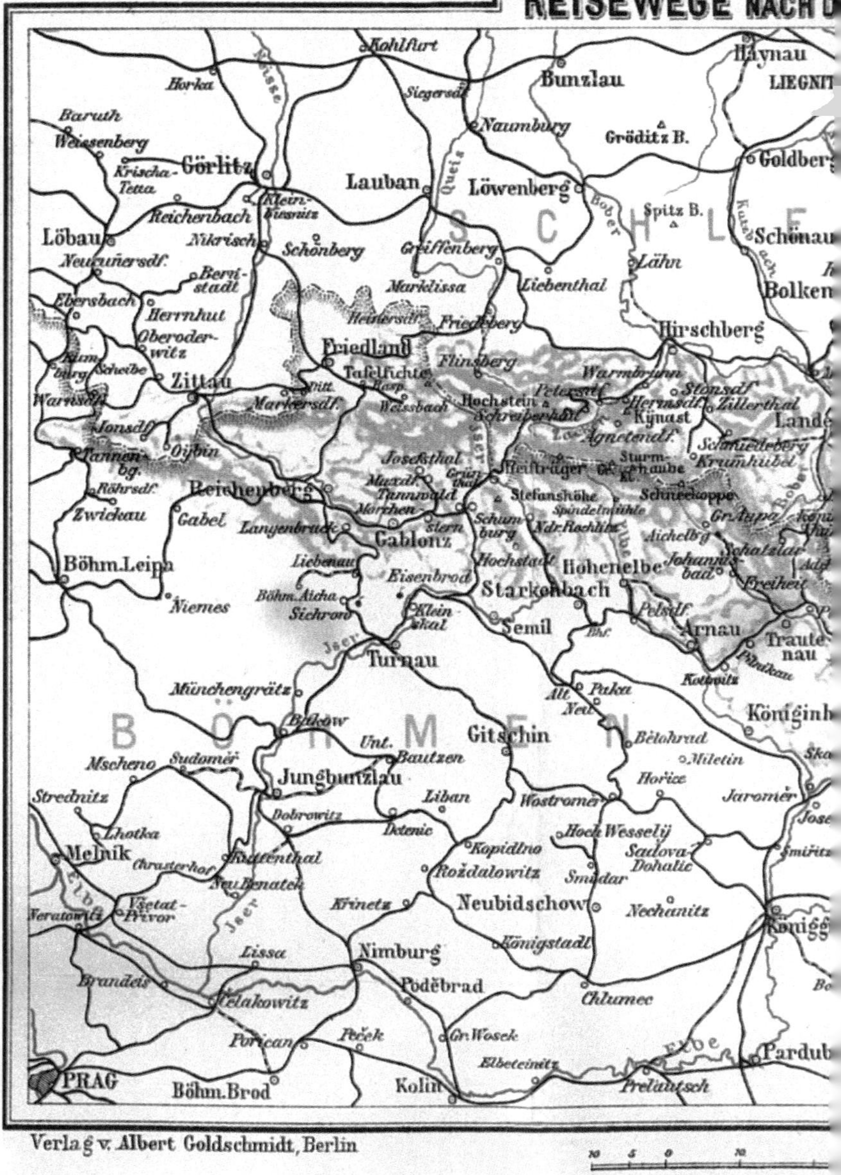

Verlag v. Albert Goldschmidt, Berlin